JN328401

昭和モダニズムを牽引《けんいん》した男

菊池寛の文芸・演劇・映画エッセイ集

菊池寛
Kikuchi Kan

清流出版

大衆文化としての菊池寛

田中眞澄（映画・文化史家）

菊池寛という作家の作品的経歴を概観すれば、自《おのず》から二つの時期に分けられるであろう。即ち、『真珠夫人』（一九二〇年）を境として、それより前と、それ以降と、である。芸術的文芸作家から通俗的物語作者への転換として、である。文芸実業の成功がそれに伴う話題になる。

従来の文芸批評や文学史の関心は、伝統的に芸術文芸志向とその達成に寄せられてきたから、そこでの記述は、当然彼の業績の中でも初期数年の戯曲や短篇小説にかたより、壮年期を費やした通俗長篇小説の類は、いわば十把一からげで扱われがちであった。しかしそれではこの作家が〝文壇の大御所〟として存在した意味、日本語文芸に果たした役割を正当に認識したとはいえないだろう。「菊池寛君を論ずることは現代を論ずることである」とは先輩作家正宗白鳥の言であるが、菊池寛の「現代」の体現者としての特性は、初期の純文学（歴史ものが多い）より、同時代を描いた通俗小説に発揮されたのではなかろうか。少なくとも彼の通俗小説が純文芸系統の作品以上に数多くの読者を同時代に獲得したことは否定できない。だからこそ彼はおよそ二十年にわたって、この種の作品を次々と書き続けたのだった。「文学史」の評価や「文学全集」への収録とは別に、そこでは軽視されることが多い『真珠夫人』以降の『受難華』(一九二五―二六年)や『東京行進曲』(二八―二九年)や『心の日月』(三〇―三一年)や『貞操問答』(三四―三五年)や『新道』(三六年)等々の菊池寛もまた、文芸家菊池寛の忘れられてはならない仕事であろう。

菊池寛の通俗小説は限られた文学読書人を超えた幅広い読者層に支持され、彼らを対象に想定したものであった。彼らは新たに登場した「大衆」というべき存在であり、その時代に大きく発展し変化していった活字メディアの状況が背景にある。『真珠夫人』以降の菊池寛の長篇小説のほとんどは、新聞または大衆雑誌や婦人雑誌に連載されたものであった。文芸雑誌や総合雑誌に発表された初期作品との大きな違いだろう。そして、彼が作家として転身した一九二〇年代は、まさにジャーナリズムの一大転換期にあたるのである。この時代に日本の新聞界を制したともいえる朝日新聞(大阪朝日・東京朝日)と毎日新聞(大阪毎日・東京日日)の場合、朝日の例では一九二〇年に四十万部足らずだった大阪朝日が二四年正月には、大阪毎日ともども百万部突破を宣言する。また雑誌の世界では一九二五年に講談社から百万部を標榜する大衆雑誌「キング」が創刊される。菊池寛の活動はそのような活字メディアの量的拡大に対応するものであった。正宗白鳥流にいえば、通俗小説作家菊池寛を論ずるのは、一九二〇、三〇年代の大衆(マス・メディア)文化を論ずることに通ずるともいえよう。

菊池寛が文壇的地位を確立したのは「中央公論」に『無名作家の日記』や『忠直卿行状記』を発表した一九一八（大正七）年とするのが定説である。前年（一七年）に『父帰る』があり、翌年（一九年）には『恩讐の彼方に』や『藤十郎の恋』がある。明快なテーマと近代的な心理分析によって、後年代表作と評価される作品を次々とものした。年齢も三十歳に達し、盟友の芥川龍之介や久米正雄に比べて遅咲きではあったが、確かに充実した時期を迎えていた。そして一九二〇（大正九）年、「大阪毎日新聞」（「東京日日新聞」）の朝刊連載小説として登場したのが『真珠夫人』だった。それ以来、一九四〇（昭和十五）年頃まで、彼が執筆したこのジャンルの作品は五十篇前後に達する。彼の成功によって純（芸術）文学作家のマス・メディアへの進出の道が拓かれ、多くの追随者を生むことになる。

こうして、一九二〇年代の大衆的活字メディアを舞台に、純文学の「拡散的下降」とでもいうべき現象が観察できるのだが、それらの通俗小説が常に現代ものであったのに対し、同じメディアに時代ものも共存した。講談速記から書き講談へ、さらに小説という形態をとるに至った時代小説・大衆文芸の流れである。語りの芸能から大衆（時代もの）小説への「凝縮的上昇」のプロセスは、やはり一九二〇年代の現象であり、それ以降の大衆的活字メディアに不可欠のジャンルとなった。つまり、新聞連載小説は現代ものと時代ものの二本立て（夕刊の発行する大新聞では、朝刊に現代もの、夕刊には時代ものという棲み分けがあった）が通例である。「キング」という雑誌が既存の「講談倶楽部」などと比べて新鮮に感じられたのは、誌名が英語由来という目新しさばかりでなく、時代小説と現代小説が同じ雑誌に収められていた点にもあったと思われる。のちには講談読みもの系の雑誌がこの傾向に追随する。

さて、このような日本の大衆文化の画期的変革期に、その主導的な作者となった菊池寛はいかなる作品を提供したのだろうかといえば、『真珠夫人』以来一貫して女性の恋愛（と結婚）をめぐる紆余曲折のメロドラマであったというに尽きるだろう。そして背景には近代化によって変容する都市風景が描かれる。そこで動揺し葛藤するモラルの問題が彼の通俗小説の主要なテーマであった。むろん、メロドラマである以上、ヒロインは若く美しい女性でなければならない。実際、これほど次々と妙齢の美女が現れて、よく品切れにならなかったものである。

しかも彼女たちは決してかつての没個性的な、美しいだけの女性ではない。男性に匹敵する、むしろそれ以上に知性と感情と意志を持った女性である。その最初の出現である『真珠夫人』の瑠璃子は、作者によって次のように形容される。

　此の女性の顔形は、美しいと言つても、昔からある日本婦人の美しさではなかつた。それは、日本の近代文明が、初て生み出したやうな美しさと表情を持つて居た。明治時代の美人のやうに、個性のない、人形のやうな美しさではなかつた。その眸は、飽くまでも、理智に輝いてゐた。顔全体には爛熟した文明の夫人に特有な、智的な輝きがあつた。

菊池寛の通俗長編小説のヒロインたちは、すべて恋する女たちである。その意味で、彼のこのジャンルの作品は恋愛至上主義の文芸であったといえよう。しかし、いまだ男性本位の因襲的な社会の中で、かくも自我に目覚めた、時代にさきがけた女性の恋愛が波瀾を伴わないはずはない。菊池寛メロドラマのストーリィはそこに生まれる。それは前近代的環境に突出した近代の痛苦でもあったのである。アイルランド演劇を学んだ劇作家であり、新劇運動にも理解を持ち、自作にも新劇の世界を取り入れた（『有憂華』『貞操問答』等）菊池であったが、歌舞伎には共感を示さなかったのは、封建的で因襲的な女性像に否定的だったからと思われる。

菊池が創造した華麗で妖艶、才色兼備の魅力で男どもを翻弄する美女たちは、やがて一九二〇年代後期に至るとモダンガール・タイプに解消していく。その場合、彼女たちは驕慢な仇役であることが多い。その一方でヒロイン役には清楚で可憐、貞淑な乙女たちが登場するようになる。こちらはその個性によって、『第二の接吻』（二五年）のような不幸な結末に至ることもあるが、多くは『東京行進曲』や『不壊の白珠』（二九年）等々のように幸福をつかむことになる。彼女たちは総じて読者の同情を買う役割である。だが、この愛すべきヒロインたちも、昔の新派悲劇とは異なり、運命に従順な女たちではない。やがて積極的に反抗し、圧迫者に復讐するようになる。『生活の虹』（三四年）のように。『結婚の条件』（三五—三六年）のように。

それにしても、この作者は何ゆえかくも女性を中心とする物語を書き続けたのだろうか。主なる理由として考えられるのは、この時期、女性の境遇に変容しつつある社会の諸問題、理想と現実、対立と葛藤の集約的表現を見たからであろう。それと同時に、彼が活動した拡大しつつある大衆的活字メディアの読者層として、女性が有力な存在となってきたことも考慮しなければならない。菊池寛の長編読物の執筆媒体は新聞が最も多かったが、「キング」等の大衆雑誌とともに「婦女界」「婦人倶楽部」といった婦人雑誌も重要な位置を占めていた。その購読者の中心は中流・小市民層の比較的若い世代（高等女学校卒業程度の）主婦・女性たちであったと推測できる（「新潮」一九二八年六月号所載「婦人雑誌の批判会」の諸家の発言参照）。さらに彼女たちは新聞の連載小説の主要な読者でもあった。特に朝刊の現代ものは、夫を会社に、子供を学校に送り出した主婦たちによって、最もよく享受されたともいえる（同座談会の千葉亀雄の発言参照）。当然、作者たちのターゲットはそこにあったであろう。そうした作品の原型を作り、先頭に立ったのが菊池寛であった。

一九二〇年代から三〇年代にかけて発展した活字メディアの大衆化、量的な拡大と質的な変化を考慮すれば、そこに提供された作品は時代の産物であり、読者の願望の反映でもあったという想像が可能である。

『真珠夫人』以降の菊池寛のマス・メディア文芸は、ほぼすべてが東京という日本の近代化を主導した都市を舞台とする都会（東京）小説であり、中でも富裕な上流階級の生活が背景になっている。軽井沢あたりの別荘なども一つの要素ではあるが、それは首都の延長と見なされる。華族とか実業家といった人々が形成する世界（そこに華族からブルジョアジーへ、身分から階級へという変化を垣間見ることはできようが）。そこで若き男女の恋愛メロドラマがくりひろげられるわけである。だが、同じ都市に棲息する貧しきプロレタリアートが顧みられることはほとんどない。労働争議を扱った『火華』（二五年）でもヒロインは資本家の娘だし、女工から芸妓になる『東京行進曲』の場合でも、実はブルジョアの娘だったのである。まして、当時の日本の社会で主要な役割を占めていたはずの地方の農民など、まったく登場の機会を与えられていない。読者の関心がそこになかったからだろう。時代が一九三〇年代に入るにつれ、ヒロインにも庶民の娘が選ばれ、彼女たちは職業戦線にも進出し、デパートの店員やレストランの女給やダンサーになったりもするのだが、恋愛の相手は金持ちの男たちなのである。

菊池寛が（そして彼のエピゴーネンたちが）描き、読者たちに受け入れられたのは、東京という近代化進行都市の消費文化、娯楽風俗の諸相だったのだろう。若き男女は一九二〇年代には西洋音楽の演奏会に出かけ、三〇年代になると映画館やカフェーやダンスホールに行くことが断然多くなった。特に映画は彼の小説と特別縁が深い。

映画と菊池寛作品との関係は、この時代に極めて密接だった。菊池が通俗小説に転じた一九二〇年代に、時を同じくして日本の映画界では松竹キネマや大正活映が創立され、旧劇と新派劇映画から脱皮する近代化へ向かってスタートしたのである。そしてたちまち映画は大衆の最も愛好する娯楽・文化になった。その過程で、新聞や大衆雑誌の読物はしばしば原作、言い換えればストーリィの供給源として利用された。活字メディアと映像メディアが相互に利用し合いながら、ともども発達していく状況がそこに生じた。とりわけ「大御所」菊池寛は別格だったように見える。彼のその種の作品は次々にフィルムに移植されてスクリーンを飾った。一九二〇、三〇年代に映画化された現代もの小説では、彼の作品が他を圧する。原作料は高かったろうが、菊池寛という名前自体が大きな商品価値になったと思われる。

しかも、彼をそのような立場に君臨させたそもそものきっかけは、映画によって作られたものである。

若き日の彼は週に一回は浅草で活動写真を見る映画好きだった。旧態依然たる邦画ではなく、新興芸術たる洋画ばかり見ていたらしい。そして、そこから彼の生涯の転機が訪れる。盟友久米正雄の証言によれば、〈兎に角、僕と菊池と、ローヤルタイグレス「王家の虎」といふのを見て、あれに影響されて菊池は「真珠夫人」を書き、僕は「不死鳥」を書いた。菊池の「真珠夫人」の方が評判はよかつたが、明かに「王家の虎」の影響なんだ〉(「映画漫談会」——「新潮」一九二八年九月号)。この件についてはかつて簡単に紹介したことがあるが(「『真珠夫人』のルーツ」——「文藝春秋」二〇〇三年八月号)、確かにこのイタリア映画では、妖艶なる女性が若い青年の純情を翻弄するシチュエーションが基本であり、菊池はそれを巧みに換骨奪胎したといえるだろう。言うなれば菊池寛は、映画から大衆向け文芸を生じさせ、それがまた映画の原作となっていく(近年はTVドラマにも翻案された)というマス・メディア文化の焦点というべき存在だったのである。そして映画は彼の小説世界でも主要な「現代」風俗として扱われることになった。

さらに彼と映画との縁は、一九二六年に雑誌「映画時代」の創刊、三六年に半官半民の大日本映画協会理事（機関紙「日本映画」主幹）、四二年に大日本映画製作株式会社（大映）社長と、深められていったのである。作品の中でも、一九三五年の『街の姫君』と『恋愛白道』ではヒロインに映画女優という職業が選択された。特に後者は映画会社が主要な舞台で、ヒロインはフランスの映画監督が来朝して製作した映画に出演する設定がある。

しかし、菊池寛と映画との関係がどれほど進展しようが、彼の小説の登場人物たる若き都市文化享楽者たちは、日本語の映画を見ることはない。彼らが行く映画館といえば、ほとんどの場合、銀座に近い邦楽座、即ち洋画を封切る高級館である。他には新宿で同様の性格の武蔵野館。このような邦画と洋画の差異の関係を如実に記した場面が『受難華』にあった。才気溢るる若妻と俗物の夫が映画を見に行く。彼女が選ぶのはイタリア映画『シラノ・ド・ベルジュラック』だが、彼は尾上松之助の立ち回りを見たがるのである。洋画は近代日本の最先端の都市文化を代表したということだろうか。作中で若い女性たちの美貌を形容するのに、夏川静江や入江たか子や市川春代といった日本の美人スターが、しばしば引き合いに出されてはいるのだが。外来の映画が日本の都市風俗に影響し、日本製現代劇映画が地方に影響を及ぼしていくのが、近代化日本の大衆文化の構造であったと考えれば、通俗物語作家としての菊池寛が主要な媒体とした大衆的活字メディアは、日本の現代劇映画のありかたに通じていた。そこに継起する「現代」を背景に、近代に目覚めた若い女性たちが前近代的環境（漁色家だったり優柔不断だったりする男性たちを含む）と対抗して展開する恋愛模様のヴァリエーションに、菊池寛メロドラマの基調があったとはいえないだろうか。

それにしても、やはり『新女人粧』（一九三二〜三三年）は異色の作品であろう。ヒロインは上流階級の令嬢だが、結婚とは究極的に女性が男性に隷属する制度だと主張して、徹底的に拒否を貫き、遂には未婚の母として生きる選択をする。考えかた自体は菊池寛メロドラマに潜在するものではあったが、ここまであからさまに、かつ挑発的な議論となって表現された例は他に見ない。これは後年のフェミニズムの立場に先駆する、当時としては過激な思考だったに違いない。その点で、菊池寛は単なる風俗に追随する通俗作家にとどまらない存在であったのかもしれない。

昭和戦前期の常識的モラルを大きく踏み越えたこの小説が「婦女界」という婦人雑誌に連載された事実は、ほとんど信じ難いと思えるが、それを可能にしたのは当時のこの作家のネームヴァリューであっただろうか。しかし、その威力をもってしても、『新女人粧』は雑誌に掲載されたままで単行本で刊行されることはなかったし、いつもの場合と違って、映画化もされなかったのである。

菊池寛文芸・演劇・映画エッセイ集

目次

装丁・本文設計――西山孝司
編集協力――高崎俊夫

第一章

生活第一、芸術第二

上田敏先生の事

先生を最後に見たのは六月二十六日の口頭試問の時であつた。その時に先生は和服で洋服の藤代博士と並んで一段高い所に裁判官か何かのやうに坐つて居られた。口頭試問を受ける時などは誰だつてさう気持のいゝものぢやない、自分も、一分も早く先生の前を逃れたかつた、だから最後の質問を有耶無耶に答へてしまふと直ぐ扉の方へ急いだ、自分はハンドルに手をかけざま顧みて先生を見た、夫《それ》が先生の最後のグリムプスであつた。

卒業の挨拶にも行かなかつた。孰《いづ》れ東京でお目にかゝる事が出来ると思つて居た、然し上京して三光町のお宅へ上つた時に先生は白布に掩はれて静な眠《ねむり》に就て居られた。

自分は先生の死を想うてセンチメンタルな死者崇拝をしようとするのではない。自分は先生に就て考へて居たことをこの機会に書き留めて置きたいと思ふ。他日先生の事業なり人格なりを理解せんとする人達に対する何等かのヒントであればいゝ。然し自分の知つて居るのは晩年の先生丈《だけ》である。

晩年の先生は要するに不遇であつた、自分はこの点に於て先生に対して同情に堪へない。第一に東京を離れて京都に居られたことが先生の生活を始終灰色にして居た。先生は系統の上から云つても、嗜好の上から云つても大なる東京愛着者である、口癖のやうに「子供には京都言葉を覚えさせたくない」と云つて居られた。菊五郎の乗込の木遣節を聞いて「何や、御詠歌のやうやなあ」と云ふ京都人と、東京人との間には可なり大なる間隔がある。実際ある純真な東京人には東京在住と云ふことが生活の必要条件であることがある。先生はその一人であつた。先生は常に東京を懐いて居られたのだ。

もう一つには京都英文科の学生が不純であつたことである。之《これ》は馬場孤蝶氏なども言及せられて居たことだが、真の文学の研究者は殆どなくみんな中学教員志望者である。世には京都の文科から創作家の出ないことを上田先生の罪か何のやうに云つて居るが、あれで創作家が出たとすれば先生は差し詰め魔術師であつたに違ひない。上田先生の承継者は恐らく出野青煙、竹友藻風の二氏であらう、詩風と云ひ学風と云ひ先生そつくりである。二氏とも学才が秀れて居るから他日文壇否少くとも英文学界には上田先生の学風は残るであらう。此の二氏の外には先生の葬儀に生きた日本語を用ゐて慣習打破を試みた細田枯萍氏がある、シェービアンとしては恐らく日本有数の人であらう。此の三氏が文壇的に多少知られて居る外は皆ボールドの前に立つてチョークを吸うて生きて居るのである。

先生が京都の文科大学で文学を講じたのは実際豚に真珠であつた。僕のやうな田舎者《いなか》ばかりで先生は話し相手の学生にさへ事を欠いたださうと思ふ。

もう一つ先生の晩年を淋しくした事は日本文壇に於ける詩の衰退であつた。先生は非常に詩を愛せられた。先生は学者であつたがテムペラメントは詩人であつた。詩人学者《ポエトスカラア》とでも云ふべき先生の事であるから詩の衰退は先生にとつて悲しみの種であつた。毎学年新入生に向つて「誰か詩をやる人はありませんか」と聞かれたがそんな気の利いた人間は京都大学には居なかつた。

先生の詩の翻訳は翻訳の域を脱して創作に近かつた。先生はたしかに明星—スバル派詩人の産婆であつた。自分のやうな外国語の詩の面白さの分らない人間には先生の翻訳を読んだ方が面白かつた。

先生が学生時代の外国文学研究は宛《あたか》も支倉《はせくら》常長の羅馬《ローマ》旅行のやうに日本人未踏の王土を遍歴して居たやうなもので見るもの聞くもの凡て紹介するに足りた。イブセン、メエテルリンク、アンドレフ、ダンヌンツィオ、トルストイ、ゴルキイ、などでも第一次の紹介者は大抵先生であるが、然し第一次の鶏鳴が多くは徒労に帰するやうに、先生の紹介はあまりに早過ぎたのである。先生が死の勝利を訳されたのは三十三、四年の頃であるが死の勝利が流行《はや》つたのは四十四、五年頃である、そして第二次第三次の紹介者の功績が認められて第一次の紹介は古い雑誌の頁《ページ》の中に埋もれてしまふことが多かつた。今年の初《はじめ》であつたらう、東京のある新聞はポール・クローデルを紹介して「未だ日本人にしてクローデルを紹介せしものなし」など威張つて居たが、先生は大正二年大阪朝日の紙上にクローデルを詳説し之《これ》をベルグソンと比較して「ベルグソンには棕梠をさゝげよ、クローデルには桂をさゝげよ」と云はれたばかりでなくクローデルの散文の翻訳さへある。先生も先駆者の持つ共通の悲哀を持つて居られた。

先生は根底に於てクラシシズムの人である、だから文壇にデモクラシイが行はれ何の系図も持つて居ない人達が時めきそめた頃から先生は文壇に顔を背けて居られた。時々教室で「日本の文壇は今不良少年の手に落ちましたね」など云はれる言葉にも文壇に対する先生の態度が伺はれた。

先生は一個のヂレタントであつた。ヂレタントに近い人であつた。何事にも第三者の態度をとられた故に自分から何かのムーヴメントを起すことなどは決してせられなかつた。僕達が雑誌発行の相談を持ちかけてもいゝ加減に扱《あし》らつて居られた。また学生に対しても立ち入つて世話などはされないが、然し頼まれると嫌とは云はれなかつた。

先生の翻訳に対する苦心は大抵ではなかつたらしいが、その巧妙洗煉の訳し振りはたしかに明治四十年前後の青年の文体に影響した。

先生は「ロミオ・エンド・ジュリエト」を訳して「ロミオ・ジュリエト」とされた、之はお染久松、おさん茂兵衛のやうに恋人の名前をつゞけて云つたことであるがこんな繊細な訳し振は大抵看過せられるのを常とした。

先生は非常に上品な紳士であつた。下品と云ふ事を何よりも嫌がられた、ウォルター・ペーターやヴェルレーヌなどは愛せられたが、オスカア・ワイルドは大嫌《だいきらひ》であつた。外国文学書籍の関する蒐集に就ては海内随一だと自分達の信じて居る京大文科研究室にもワイルドの作品は一つもない。サロメだつてないのだから驚く。先生はワイルドの濃厚な、あくどい色彩が嫌であつたのだ、「法科の先生から一体此の頃評判のサロメと云ふのはどんなものかと聞かれたから野蛮なものだと云つて置きました」と云はれたことがある。「今年は誰もワイルドをやる人がないのですね、之でやつと助かりました」と云はれたこともあつた。

先生は自身音楽彫刻絵画に豊な趣味と鑑賞を持つて居られた。「文学をやるのにはどうしても姉妹芸術をやらなければ」と云ふのは先生の口癖であつた。

先生は精神的貧民からよく誇学的だと云はれた、然し先生のやうに多くの文学的智識を持つて居られると、それが自然に迸《ほとばし》り出るのであつて、あれでもよつぽど節制を以て書いて居られた筈だ。また先生の文章にポーゼーがあると云ふ人がある、然し之も先生が蕪雑な日本文章の中にスタイルを容れようとせられた試みであつたと自分は解して居る。

先生の坐談の巧みであつたことは誰も知つて居るが、学生に対しても如才がなかつた。自分は先生に色々な事で失礼なことばかりして居たが、ついぞ悪い顔はせられなかつた。先生は個人として高雅な趣味と品格とを供へられた紳士であつた。先生の趣味は角帯で前垂掛で京都南座の廊下に立つて居られたことによつて伺ひ得らるゝ。然し凡てが洗煉せられて居た、気障などゝ云ふところは微塵もなかつた。

先生の仏蘭西《フランス》淑慕は可なり強かつた。今年の三月頃にも「此の頃はヴェルダンが落ちさうで心配でなりません」と云はれたが、大真面目であつた。いつかも先生のお宅で自分が独逸《ドイツ》を賞めたところが先生はムキになつて仏蘭西《フランス》を弁護せられた。先生は仏蘭西《フランス》文化に洗礼を受けた江戸人であつた。愛嬢を膝下から離して芝の聖心女学院に入れたことから考へてもいかに東京を愛し仏蘭西《フランス》を慕はれたかゞ分る。

自分は先生の新婚当時の写真を見たが、豊頬明眸都会的な理智的な何とも云はれぬ感じのいゝ顔を持つて居られた、晩年は病気の故で顔色も悪かつたが眸丈《だけ》は尚《なほ》先生の若き日の凡てを暗示して居た。「文學界」時代には官立の高等学校生である上に、晴やかな美貌を持つて居られたので羨望の的であつたと云ふ話である。先生は明治四十年頃迄は得意の時代であつたがそれから以後はやゝ失意であつたと云ひ得る、大学教授たり文学博士たることによつて先生が満足して居たと観ずるものはあまりに先生を知らないものである。

先生は採点なども頗る《すこぶ》寛大で七十五点より下などは決して付られなかつた。凡てに於てリベラルであつた。

自分は三年の京都生活を終つて上京せんとして七條へ急ぐ途中先生の訃に接したのである。瀛車の中で先生の事ばかりを思つて居た。

先生は今の日本人でかけ換へのない人と云つてよかつた。京都の英文科は先生を失うて存在の理由の大部分を失くした。日本人では一寸後継者が見当らないとの事である。英文科を教員養成所のやうに扱ふのなれば候補者が幾何《いくら》でもあるだらうが。

先生はあまりに聡明で理智的であつたから創作の方面には僅に一指を触れられたのに過ぎなか

つた。あれほど愛せられた詩も自分で作られたのは啄木氏の「あこがれ」に対する序詩と外一章とである。

文壇の平凡な民主化に対し先生は不満であられたが之を真向から攻撃せられることなどは決してなかつた。太陽の文芸時評を受け持たれた時などは絶好の機会であつたが、「そんな事をするとうるさいですからね」と云つて居られた、人を批難攻撃することは下品であると思はれたからだと思ふ。

先生は酔余ある文学博士に真向から「君は何もロクな事をして居ないのによく博士になれたな」と浴びせかけたと云ふ話を聞いたが自分はその偽りであることを確信して疑はない。

先生に対する世評若《も》しくは他人の批評は知らない。自分は先生を気障だと思つたことも不快だと思つたことも、嫌ひだと思つたこともない。自分は先生が好きであつた、先生はシュニツラアの戯曲を読むが如き感じの人であつた。終りに先生の御遺族の幸福を祈つて置かう。(五、七、二十二。)

(大正五年八月「新思潮」)

晩年の上田敏博士

（この文章は博士の三周忌を記念する為に書いたのである）

自分は京都大学で、三年間上田博士の講義を聴いた。自分が卒業した七月に博士は死なれたのである。だから、自分は博士が教へた最後の学生の一人である。が、自分は幸か不幸か上田博士から何等の文芸上の伝統を承け継がなかつた。先生は詩を愛し詩を讃美して居たからであるが、然し自分は、上田先生に対しては充分に尊敬を払ひ、その学風に対しても充分に理解を持つて居た積《つもり》である。京都大学の文科の学生は少しも文学に興味を持たず、教室の空気は今考へ出しても、不愉快な程非文化的であつたが、京都大学の学制が自由であつた事と、教授達が大抵新しい頭と学識を持つて居た事は、今考へても愉快である。その中でも上田先生は、自由寛大であつた上に、その講義は面白いものであつた。

上田先生は、文学の研究に於て鑑賞と云ふ事を最も重んじて居られた。本当を云へば、文学を研究するなど云ふ事は馬鹿らしい話で、文学に対する第一義は鑑賞に尽きて居る。上田先生の真意はそこに在つた。従つて、先生は文学に対する系統的な研究を無視せられて居た。文学を抽象的に若《も》しくは哲学的に取り扱つたり、又只文学的智識の集積にのみ没頭して居る日本に於て、上田先生の態度は、可なり異色のあるものだつた。文学を科学的に研究して、理屈を求めたり範疇を求めたりするよりも、只文学を本当に理解し鑑賞する事が文学に対する最も純な態度ではあるまいか。シェクスピアの大索引を書くよりも、シェクスピアのソンネットを一篇でも、真に味ひ得る人の方が本当の文学者ではあるまいか。

此意味で、私は上田先生の態度を、充分に理解して居たと思ふ。先生の講義は系統もなければ、煩瑣な研究もなかつた。只学生に文学を理解し鑑賞する能力を、附与するのが講義の目的であつたらしい。

従つて、先生の講義は文芸的茶話になる事が多かつた。然し、先生が折にふれて、その青年時代から持ち続けた黒い美しい瞳を輝しながら、ダンテの神曲を語りミルトンの失楽園を説いて居る時は、先生が真に文学を味ひ得た歓喜を持つて居られた事を、歴々《ありあり》と窺ふ事が出来た。

が、上田先生の晩年は、決して幸福なものではなかつた。第一は教へて居た学生が、全く先生を失望させて居た。皆学士号を貰つたら、中学の先生にならうと思つて居たのだから。従つて上田先生はなかつた。文学を本当にやらうなど云ふ学生や、また詩を愛好するやうな学生は一人も新入生がある度に「此中で詩をやる人は誰です」と訊いて居たが、夫《それ》に対してハキ〳〵答へるものは殆ど一人もなかつた。で上田先生は文科の教授として誠に、し甲斐のない講義を続けて居られたと想像される。

その上、文壇に於ける先生の位置も小説「渦巻」を國民に出されてから後は、決して得意なものではなかつた。明治卅年代には欧洲文芸輸入のパイロットとして、文壇に於て華々しく活躍して居られたのだが、自然主義勃興以来は、段々不遇の位置に退かれたやうに思ふ。自然主義の勃興の為に、先生の信奉せられたクラシシズムの芸術などは、文壇に於て少しも顧みられなくなり、又自然主義の興起と共に生じた小説万能の傾向は、その反響として詩壇を衰微せしめた。それやこれやで、クラシシズムの芸術を讃美し、詩壇の擁護者であつた上田博士の位置が段々不遇なものになつたのも自然の勢であつた。「明星」の廃刊も、博士を淋《さび》しくした一の原因であらう。晩年の博士は、かうして段々文壇から離れてしまつた。自分は、教室で博士が自然主義の攻撃をするのを聴く事は一寸淋しい事であつた。その後、「太陽」で文芸時評の筆を執られた時、当時の文壇に対して痛棒を下されるかと、楽しみにして居たが、淡々として顧みて他を云ふ概があつた。かう云ふ点は、熱がないとも云へ執着がないとも云へる。が、博士は恐らく他人を論難攻撃する事は、上品な事ではないと思つて居られたらしい。自分が「何《ど》うして、文壇の時事を論じないのですか」と訊くと「イヤ時事を論ずると反駁せられた時に、相手になるのがうるさいから」と云つて居られた。上田博士は、文芸評論家として、一度も他人と論戦しなかつたやうに、自分は記憶して居る。他人と議論をするなどは、悪趣味だと思つて居られた為ではないかと思ふ。

先生は、江戸人として永劫に熱し切れない人であつたやうに思ふ。人間として好い意味でのヂレッタントであつた。学者としても自分の前述した点から考へられるが、矢張りヂレッタントであつたと思ふ。そして凡てに自由であつた、他人に対しても自由であり、自身に対しても自由であつたやうに思ふ。

自分が、上田先生に感嘆した点は、欧洲文芸殊にクラッシックの物に精通して居られた事である。上田博士位精通して居る学者は、外にあるかも知れぬが精通すると同時によく味はつて居た人は、上田博士の外に一寸あるまいと云ふ気がする。

博士は四十三で死んだ。博士の死んだ頃から自然主義は衰へて今では、文壇の主潮ではなくなつた。そして、文壇には純芸術的な傾向が、歴々《ありあり》と現はれかけて居る。博士が生きて居たら、此傾向を可なり愉快に思はれたゞらうと思ふ。

明治文壇に於ける博士の位置は、今の所まだ定まつて居ない。が、後年明治文学史を本当に研究する時、明治時代の創作などが案外に下らないものである事が解り、明治文壇の大なる事蹟は外国文学の輸入であつたと云ふやうに定まるやうな事があれば、上田博士の位置は今の人々が考へて居るやうに、傍系的なものではないかも知れぬと思ふ。

（大正七年七月「文章世界」）

漱石先生と我等

一昨年の秋、自分が遊び旁々《かたぐ》、卒業論文の参考書を読む為に上京した頃、久米と芥川は初《はじめ》て漱石先生を尋ねたらしい。何でも久米を、その当時居た森川町の下宿に訪ねた時、久米は其処にあつた「社会と自分」の表紙を開けて見せた。すると、見返しに「久米正雄様――著者」と書いてあつた。自分は先生を訪問して、署名した本を貰つた久米が、一寸羨しかつた。

「皆貰つて居たから、僕も貰つたんだ。直ぐ署名して呉れたよ。芥川の奴も貰つた」と久米は、稍《やゝ》得意らしく云つた。

一体僕達の連中は、高等学校時代には、夏目先生の事を、余り話題にはしなかつた。夫《それ》よりも、谷崎潤一郎とか木下杢太郎とか小山内薫などを、手近の先輩として、その作物を愛読して居たのだ。

所が、京都大学に居た自分が、時々上京する毎に、連中が夏目先生に傾倒して行くのが、著しく目に付くやうになつた。久米や松岡は、頻りに「道草」を賞め立てゝ居た。

第三次の「新思潮」時代には、夏目先生と同人とは全く没交渉であつたが、今の「新思潮」になつて、夏目先生の作物なり批評なりが同人の創作に強い影響を及すやうになつた。

成瀬は創作の方面では余り影響を受けなかつたが、文学者としての先生に深く私淑して居た。成瀬と文学の話をして居るとよく「文学論」や「文学評論」が引合に出された。先生の著書を悉く蒐めて居たのも成瀬であつた。

然し、自分は戯曲ばかりに興味を集注させて居たので、戯曲に対しては少しも興味を持つて居られなかつた夏目先生に対しては、文壇の先輩に対する尊敬以外には、別に特別なものは持つて居なかつた。

自分は夏目先生の作物の愛読者ではあつたが、夫は素人《しろうと》が文展の画に感心するやうな、感心のし方であつた。

所が去年京都から上京して見ると、久米や芥川は可なり夏目先生に近づいて居た。たゞ、あれほど崇拝して居た成瀬が、一度も先生に逢つて居ないのは意外であつた。成瀬は、「洋行する前に一度逢つて行くんだ」と念願のやうに繰返して居た。

何でも七月の下旬で、成瀬が愈々洋行する間際になつて、同人が揃つて先生のお宅へ行く約束が出来た。自分も一度は逢つて見たいものだと思つたので、一緒に行く事にした。

皆は久米の下宿に集まることになつた。所が、其日晩の六時が過ぎても、松岡丈《だけ》は何《ど》うしても来なかつた。すると久米は、

「彼奴《あいつ》は、きつと行かないのだ。何か用が出来たのだよ、きつと」と、独断した。そして四人だけで行くことになつた。松岡は誘つて呉れるのだと思つて、自分の下宿で待つて居たさうで、後で可なり腹を立てた。

その晩自分達が先生の書斎に通されると、先客として、小宮氏と野上氏とが居た。誰でも夏目先生に初《はじ》めて逢ふと、あまりに衰弱して居られたのに驚いて居るが、自分も同じであつた。そして、いたましいやうな気がした。

野上氏は其時、ゴリラが人間と夫婦になつて、子供を産んだ話をして居た。先生は時々不審な点を質されて居た。

「ゴリラと云ふものは、そんなに強いものかね」と、先生が云つた。すると久米が、

「獅子よりも強いさうで、鉄砲を両手で折るさうです」と、鉄砲を折る手真似をした。

「ふむ！　さうかね」と、先生が感ぜられると、久米は急に恐縮したやうに、

「然し僕達のゴリラに関する智識は、皆押川春浪から出たものですからね」と、頭を掻いた。

すると、芥川が狒々《ひゝ》と人間とが、夫婦になつた話は、支那の何とかといふ本にありますと云つて、本の名も確に云つたが自分は忘れてしまつた。すると先生が、

「君はあの本を読んだか」と云はれた。そして、其本に就て、芥川と先生とが、二三度押問答をした。おしまひに芥川は、平素のやうに、早口でパラドックスを云つた。すると、先生は暫く考へて、

「そんなものかね」と云はれた。

小宮氏は、戯曲を書くことを、頻りに先生に勧めて居た。然し先生は、色々に芝居の悪口を云つて居られた、要するに先生は、劇的幻覚を信ぜられないのであつた。自分は、先生の心持が、よく解るやうに思つた。そして非常に、聡明な人間に対しては、劇的幻覚は起らぬものではあるまいかと思つた。何でも武者小路氏の戯曲が、盛んに引合に出された。

先生は自分達に、日本の現在の創作劇では何が一番い丶かと問はれた。自分が、「和泉屋染物店」を挙げると、小宮氏ともう一人誰かゞ反対した。久米が、武者小路の「その妹」ですと、云つた。が、先生は「その妹」を読んで居られなかつた。

自分は、始終黙つて居たが、然し気づまりや圧迫を少しも感じなかつた。

帰りに芥川が、

「夏目先生には温情があると、誰かゞ云つたが本当だね」と、云つた。外の三人は、夫《それ》を肯定するやうなことを云ひ合つた。世の中で一寸得がたい経験をしたやうな気がして、二三日は幸福であつた。

（大正六年三月「新思潮」）

芥川の事ども

芥川の死について、いろ〳〵な事が、書けさうで、そのくせ書き出して見ると、何も書けない。死因については我々にもハツキリしたことは分らない。分らないのではなく結局、世人を首肯させるに足るやうな具体的な原因はないと云ふのが、本当だらう。結局、芥川自身が、云つてゐるやうに主なる原因は「ボンヤリした不安」であらう。

それに、二三年来の身体的疲労、神経衰弱、わづらはしき世俗的苦労、そんなものが、彼の絶望的な人生観をいよ〳〵深くして、あんな結果になつたのだらうと思ふ。

昨年の彼の病苦は、可なり彼の心身をさいなんだ。神経衰弱から来る、不眠症、破壊された胃腸、持病の痔などは、相互にからみ合つて、彼の生活力を奪つたらしい。かうした病苦になやまされて、彼の自殺は、徐々に決心されたのだらう。

その上、二三年来、彼は世俗的な苦労が絶えなかつた。我々の中で、一番高踏的で、世塵を避けようとする芥川に、一番世俗的な苦労がつきまとつて行つたのは、何と云ふ皮肉だらう。

その一の例を云へば興文社から出した「近代日本文芸読本」に関してである。此の読本は、凝り性の芥川が、心血を注いで編輯したもので、あらゆる文人に不平なからしめんために、出来るだけ多くの人の作品を収録した。芥川としては、何人《なんびと》にも敬意を失せざらんとする彼の配慮であつたのだ。そのため、収録された作者数は、百二三十人にも上つた。然し、あまりに凝り過ぎ、あまりに文芸的であつたゝめ、沢山売れなかつた。そして、その印税も編輯を手伝つた二三子に分たれたので、芥川としてはその労の十分の一の報酬も得られなかつた位である。然るに、何ぞや。「芥川は、あの読本で儲けて書斎を建てた」と云ふ妄説が生じた。中には、「我々貧乏な作家の作品を集めて、一人で儲けるとはけしからん」と、不平をこぼす作家まで生じた。かうした妄説を芥川が、いかに気にしたか。芥川としては、やり切れない噂に違ひなかつた。芥川は、堪らなかつたと見え、「今後あの本の印税は全部文芸家協会に寄附するやうにしたい」と、私に云つた。私は、そんなことを気にすることはない。文芸家協会に寄附などすれば却つて、問題を大きくするやうなものだ。そんなことは、全然無視するがいゝ。本は売れてゐないのだし、君としてあんな労力を払つてゐるのだもの、グヅ〳〵云ふ奴には云はして置けばいゝと、私は口がすくなるほど、彼に云つた。彼が、多くの作家を入れたのは、各作家に対するコムプリメントであつたのが、却つてそんな不平を呼び起す種となり、彼としては心外千万なことであつたらう。私が、文芸家協会云々のことに反対すると、彼はそれなら今後、印税はあの中に入れてある各作家に分配すると云ひ出したのである。私は、この説にも反対した。教科書類似の読本類は無断収録するのが、例である。然るに丁重に許可を得てゐる以上、非常な利益を得てゐるならばともかく、あまり売れもしない場合に、そんなことをする必要は絶対にないと、私は云つた。その上、百二三十人に分配して、一人に十円位づゝやつた位で、何にもならないぢやないかと云つた。私が、さう云へばその場は、承服してゐた様であつたが、彼はやつぱり最後に、三越の十円切手か何かを、各作家の許に洩れなく贈つたらしい。私は、こんなにまで、こんなことを気にする芥川が悲しかつた。だが、彼の潔癖性は、かうせずにはゐられなかつたのだ。

この事件と前後して、この事件などとも関聯して、わづらはしい事件が三つも四つもあつた。私などであれば「勝手にしやがれ」と、突き放すところなどを、芥川は最後まで、気にしてゐたらしい。それが、みんな世俗的な事件で、芥川の神経には堪らないことばかりであつた。

その上、家族関係の方にも、義兄の自殺、頼みにしてゐた夫人の令弟の発病など、いろ〳〵不幸がつゞいてゐた。

それが、数年来萌してゐた彼の厭世的人生観をいよ〳〵実際的なものにし、彼の病苦と相俟つて自殺の時期を早めたものらしい。

さう云ふ点で、彼の「手記」は、文字通り信じてよく、あれ以上いろ〳〵臆測を試みようとするのは、死者に対する冒瀆である。あの中の女人が、文子夫人でないとしても、その女人との恋愛問題などがある程度以上のものである筈なく、たゞあゝした女人も求むれば求め得られたと云ふ程度のものだらう。あの「女人云々」について、僕宛の遺書には、その消息があるなどと、奇怪な妄説をなすものがあつたが、さう云ふ妄説を信ずる者には、いつでも自分宛の遺書を一見させてもいゝと思つてゐる。僕宛の遺書は僕に対する死別の挨拶の外他の文句は少しもない。

芥川の「手記」をよめば、芥川の心境は澄み渡つてゐ落付き返つてゐ、決して生々しい原因で死んだのでないことは、頭のある人間には一読して分るだらう。芥川としては、自殺と云ふことで、世人を駭《おどろか》すことさへも避けたかつたのだ。病死を装ひたかつたのであらう。

芥川と自分とは、十二三年の交情である。一高時代に、芥川は恒藤君と最も親しかつた。一高時代は、一組づゝの親友を作るものだが、芥川の相手は恒藤君であつた。この二人の秀才は、超然としてゐた。と、云つて我々は我々で久米、佐野、松岡などと一しよに野党として、暴れ廻つてゐたが、僕は芥川とは交際しなかつた。

僕が芥川と交際し始めたのは、一高を出た以後である。一高を出て、京都に行つて夏休みに上京した頃、初《はじめ》て芥川と親しくしたと思つてゐる。その後、自分が時事新報にゐた頃から、親しくなり、大正八年芥川の紹介で大阪毎日の客員となつた頃から、いよ〳〵親しく往来したと思ふ。最近一二年は、自分がいよ〳〵俗事にたづさはり、多忙なので月に一度位しか会はなかつた。最近最も親しく往来した人は小穴隆一君であらう。小穴君は、芥川に師事し一日として会はざる日なき有様であつた。

芥川と、僕とは、趣味や性質も正反対で、又僕は芥川の趣味などに義理にも共鳴したやうな顔もせず、自分のやることで芥川の気に入らぬことも沢山あつたゞらうが、しかし十年間一度も感情の疎隔を来たしたことはなかつた。自分は何かに憤慨すると、すぐ速達を飛ばすので、一時「菊池の速達」として、知友間に知られたが、芥川だけには一度もこの速達を出したことがない。

僕と芥川は、どちらかと云へば僕の方が芥川に迷惑をかけた方が多いかと思ふ。しかし、それにも拘はらず、僕の云ふ無理は大抵きいて呉れた、最近の「小学生全集」の共同編輯なども、自殺を決心してゐた彼としては嫌やであつたに違ひないが、自分の申出を拒けて僕を不快にさせまいとする最後の交誼として、承諾して呉れたのであつたゞらうと思ふ。彼が、自分宛の遺書の日附は、四月十六日であるから、もうその頃は、いよ〳〵決心も熟して居たわけである。

今から考へると、自分は芥川に何も尽すことが出来なかつたが、彼は蔭ながら、自分の生活振りについて、いろ〳〵心配してゐて呉れたらしい。去年の十月頃鵠沼にゐた頃、僕のある事件を心配して、注意をしてくれ、もし自分の力で出来ることがあつたら、上京するから電報を呉れと云ふやうな手紙を呉れた。所が、自分はその事件などは、少しも心配してゐなかつたので、心配してくれなくつてもいゝ旨返事したが、芥川が神経衰弱に悩みながら、僕のことまで考へてくれたことを嬉しく思つた。彼は、近年僕が、ちつとも創作しないのを可なり心配したと見え、いつかも、(「文藝春秋」を盛んにするためにも、君が作家としていゝものを書いて行くことが必要ぢやないか)

と云つてくれた。それに対して、

（いや、僕はさうは思はない。作家としての僕と、編輯者としての僕は、また別だ。編輯者として、僕はまだ全力を出してゐないから、その方で全力を出せば、雑誌はもつと発展すると思ふ）と、云つて僕は芥川の説に承服しなかつたが、芥川の真意は僕が創作をちつとも発表しないのを心配してくれたのだらうと思つた。

僕の最も、遺憾に思ふことは、芥川の死ぬ前に、一ケ月以上彼と会つてゐないことである。この前も「文藝春秋座談会」の席上で二度会つたが、二度とも他に人がありしみ〴〵した話はしなかつた。

その上、「小学生全集」があんなにゴタ〴〵を起し、芥川には全く気の毒で芥川と直面することが、少しきまりが悪かつたので、座談会が了つた後も、僕は出席者を同車して送る必要もあり、芥川と残つて話す機会を作らうとしなかつた。たゞ万世橋の瓢亭で、座談会があつたとき、私が自動車に乗らうとしたとき、彼はチラリと僕の方を見たが、その眼には異様な光があつた。あゝ、芥川は僕と話したいのだなと思つたが、もう車がうごき出してゐたので、そのまゝになつてしまつた。芥川は、そんなとき露《あら》はに希望を云ふ男ではないのだが、その時の眼附は僕ともつと残つて話したい渇望があつたやうに、思はれる。僕はその限附が気になつたが、前にも云つた通り芥川に顔を会はすのが、きまりが悪いので、その当時用事はたいてい人を通じて、済ませてゐた。

死後に分つたことだが、彼は七月の初旬に二度も、文藝春秋社を訪ねてくれたのだ。二度とも、僕はゐなかつた。これも後で分つたことだが、一度などは芥川はぼんやり応接室にしばらく腰かけてゐたと云ふ。しかも、当時社員の誰人《だれ》も、僕に芥川が来訪したことを知らして呉れないのだ。僕は、芥川が僕の不在中に来たときは、その翌日には、きつと彼を訪ねることにしてゐたのだが、芥川の来訪を全然知らなかつた僕は、忙しさに取りまぎれて、到頭彼を訪ねなかつたのである。彼の死について、僕だけの遺憾事は、これである。かうなつて見ると、瓢亭の前で、チラリと僕を見た彼の眼附は、一生涯僕にとつて、悔恨の種になるだらうと思ふ。

彼が、僕を頼もしいと思つてゐたのは僕の現世的な生活力だらうと思ふ。さう云ふ点の一番欠けてゐる彼は、僕を友達とすることをいさゝか、力強く思つたに違ひない。そんな意味で、僕などがもつと彼と往来して、彼の生活力を、刺戟したならばと思ふが、万事は後の祭りである。

作家としての彼が、文学史的に如何なる位置を占めるかは、公平なる第三者の判断に委すとして、僕などでも次ぎのことは云へると思ふ。彼の如き高い教養と秀れた趣味と、和漢洋の学問を備へた作家は、今後絶無であらう。古き和漢の伝統及び趣味と欧洲の学問趣味とを一身に備へた意味に於て、過渡期の日本に於ける代表的な作家だらう。我々の次ぎの時代に於ては、和漢の正統な伝統と趣味とが文芸に現はれることなどは絶無であらうから。

彼は、文学上の読書に於ては、当代その比がないと思ふ。あの手記の中にあるマインレンデルについて、火葬場からの帰途、恒藤君が僕に訊いた。

「君マインレンデルと云ふのを知つてゐるか。」

「知らない。君は。」

「僕も知らないんだ、あれは人の名かしらん。」

山本有三、井汲清治、豊島與志雄の諸氏がゐたが、誰も知らなかつた。あの手記を読んで、マインレンデルを知つてゐたもの果して幾人ゐたゞらう。二三日して恒藤君が来訪しての話では、独逸《ドイツ》の哲学者で、ショペンハウエルの影響を受け、厭世思想をいだき、結局自殺が最良の道であることを鼓吹した学者だらうとの事だつた。

芥川は色々の方面で、多くのマインレンデルを読んでゐる男に違ひなかつた。

数年前、ショオを読破してショオに傾倒し、ショオがいかなる社会主義者よりもマルクスを理解してゐたことなどを感心してゐたから、社会科学の方面についての読書などもいゝ加減なプロ文学者などよりも、もつと深いところまで進んでゐたやうに思ふ。芥川が、とき〴〵洩した口吻などに依ると、Social unrest に対する不安も、いくらか「ボンヤリした不安」の中には入《い》つてゐるやうにさへ自分は思ふ。

彼は、自分の周囲に一つの垣を張り廻してゐて、嫌な人間は決してその垣から中へは、入れなかつた。然し、彼が信頼し何等かの美点を認める人間には、可なり親切であつた。そして、よく面倒を見てやつた。また、一度接近した人間は、いろ〳〵迷惑をかけられながらも、容易には突放さなかつた。

皮肉で聡明ではあつたが、実生活にはモラリストであり、親切であつた。彼が、もつと悪人であつてくれたら、あんな下らないことに拘泥《こだ》はらないで、はれ〴〵と生きて行つただらうと思ふ。

「週刊朝日」に出た芥川家の女中の筆記に依ると、彼は死ぬ少し前、カンシヤクを起して花瓶を壊したと云ふ。それはウソかほんたうか知らないが、もつと平生花瓶を壊してゐたらあんなことにはならなかつたと思ふ。あまりに、都会人らしい品のよい辛抱をつゞけ過ぎたと思ふ。

芥川が、「文藝春秋」に尽してくれた好意は感謝の外はない。その好意に報いるため、また永久にこの人を記念したいから、「侏儒の言葉」欄は、死後も本誌のつゞく限り、存続させたいと思ふ。未発表の断簡零墨もあるやうだし、書簡などもあるから、当分は材料に窮しないし、材料がなくなれば彼に関するあらゆる文章をのせてもいゝと思ふ。芥川に最も接近してゐた小穴隆一君に編輯を托するつもりだ。大町桂月氏を記念するために、「桂月」と云ふ雑誌さへあるのだから、本誌に一二頁《ページ》の「侏儒の言葉」欄を設けるのは、適宜なことだと思ふ。

猶、一寸附言して置くが、彼の最近の文章の一節に「何人をも許し、何人よりも許されんことを望む」と云ふ一節があつた。文壇人及びその他の人で故人に多少とも隔意の人があつたならば、故人の此の気持を掬《く》んでこの際釈然として貰ひたいと思ふ。

(昭和二年九月「文藝春秋」)

里見弴氏の印象

私は、この頃外出すると人に見られて仕方がない。「菊池だよ。菊池寛だよ。」と云つてヒソ〳〵云つてゐるつもりだらうが、大抵は私に聞える位の声で傍輩に紹介しながら、私の方を見る。それが近来は烈しい。一度出ればきつと二三度は見られる。仏蘭西《フランス》のドーデーか誰かは、余りに人に見られるので、人に見られるときに取る姿勢《ポーズ》を考へ出したとの事だが、私も人に見られたときに平然とすまして、そのくせ嫌味でなく、気取つてもゐないと云つたやうな姿勢《ポーズ》を考へ出したいと思つてゐる。だが、その私が今から七八年前里見君を、文学青年が作家を見るやうな好奇的な眼をして見たことがある。それは時事新報にゐた頃、同僚の邦枝完二君と銀座を歩いてゐたとき、「君あれが里見弴だよ。」と、教へられて、初めて里見君を見たのである。里見君は夏羽織を着て、白足袋をはいて明治屋かどつかのショウウィンドウの中をのぞき込んでゐた。「あれで背が高ければいゝんだがなあ」と邦枝君が嘆じたやうに覚えてゐる。それが、私が里見君を見た最初である。

かうした事から直ぐ察せらるゝ通《とほり》、里見君が作家になつてゐたとき、私は里見君の読者であつた。読者どころか里見君の愛読者であつたのである。里見君が二三年も私の年長であつたら最初の愛読者の手紙は中戸川吉二君に依つて書かれずして、私に依つて書かれたかも知れない位である。「白樺」の作家中、私の尊敬したのは志賀氏である。私は忘れて覚えてゐないが、久米の説に依ると私は高等学校時代既に、志賀氏に感嘆してゐたとの事であるが、併し私が一番好きであつたのは里見君である。私は里見君の「君と私と」などを、どんなに愛読したか。それは芸術的に感心したなど云ふよりも、田舎《ゐなか》の中学生である私には、学習院の学生生活など云ふものが、不思議な魅力を持つてゐたのかも知れないが、里見君の初期の作品を、私がむさぼるやうに読んだのは事実である。殊に、「ひえもんとり」などに感動した心持は今でも忘れることが出来ない。

　それほど、私の先輩であり愛読作家であつた里見君と数年来何かにつけて、いがみ合つて論戦してゐるなど、昔の私としては望外の光栄と云はねばならない。

　昔の愛読作家である丈《だけ》、私は幾度里見君と論戦しても里見君に対しては反感は持てない。向うの気持は分らないが、私が「文藝春秋」を創刊したとき、ある方面であれは里見君に対抗するための雑誌だと耳語したものがあると聞いて、私は心外に堪へなかつた。

　だが、私は里見君とは、友達にはなり損つた。恐らく永久に知人関係に了るだらう。尤も、私は口不調法で、酒を飲まないため、文壇に出てから、新しい友人は作れない。久米のやうに、Hail-fellow-well-met friendship を随処に作る素質はないのである。

　里見君は現代の作家の中、最も恵まれたる人だらう。スマートな風貌と一分のゆるみのない言語動作、生活様式が作品同様に里見君らしい趣味と理智とで一貫されてゐると思ふ。私のやうなぶつきらぼうな人間は、酒席に於ける里見君の言語進退などを見てゐると、その程よさと、潑溂さと面白さとにたゞ感嘆する外はないのである。

さう云へば、小山内氏にしろ、久米氏にしろ、吉井氏にしろ人間派の諸豪の妓を侍らせた酒席に於ける酒盃以外の応酬は、機智諧謔の火花がちり、揶揄警句の渦が巻くところ、我々のやうな田舎者は、小さくなつてその壮観に打たれてゐる外はない。如何なる社会にも、これほど面白い酒席に於ける談笑の四部合奏はないだらう。里見君はまさしくソプラノである。小山内氏はアルトである。久米はバリトンで、吉井氏はバスであらう。むろん、田中純君が、吉井氏の代りを務めることもある。「多情仏心」に於ける会話は、可なり面白いが里見君達の生地の会話は、面白さに於て、それほど、劣るものでないだらう。

また私は、里見君の律義なところが好きである。人間と云ふものは、どんなに自堕落でもいゝが、最後の一線丈は、グツと張り切つてゐて貰ひたいものである。よく交際はないから、確には云へないが、里見君もこの最後の一線丈はしつかりしてゐるやうに思ふのである。

もつと、何か書けさうで、引き受けたが、書いて見ると、そんな事しか書けなかつた。

いろ〱議論の上では敵になつても、昔の愛読作家である丈に、里見君がいつまでも、里見君らしい、作品を書くことを望む愛読者らしい心持は、容易にぬけ切らないのである。

（大正十三年五月「新潮」）

横光君のこと

横光君が、僕の家に来たのは、大正十年頃ではないかと思ふ。最初に、「日輪」を持つて来たのか、それとも僕の家に来てゐる裡に、「日輪」を書いたのか、ハツキリしない。たゞ、横光君が、「日輪」を書くとき、「真珠夫人」から、ある種のヒントを受けたやうなことを云つてゐるから、「日輪」が書かれたのは、大正十年頃だと思ふ。「日輪」は、大正十二年五月の「新小説」に発表されてゐるところを見ると、僕が「新小説」に頼んでから、発表されるまで半年位は、経つたのであらう。もつと経つてゐるかも知れない。僕は忘れつぽいので、何事もボンヤリしてゐる。

その頃、横光君は、丁度僕の家の在つた小石川中富坂の坂下である小石川初音町の裏町に住んでゐたらしい。あの通り寡言の人だから、何も話さなかつたし、横光君が結婚してゐた事も知らなかつた。その後、横光君の最初の奥さんについては、人伝《ひとづて》にきいた丈《だけ》で、会つたことは一度もない。その人が、病気であつたことなどは、横光君の小説で知つた位である。

しかし、大正十二年の一月に、「文藝春秋」が創刊されるとき、「新思潮」の人々や、佐々木味津三などの「蜘蛛」の連中と交じつて、同人に参加してゐるのだから、その前に相当僕の家へ出入してゐたやうに思ふのだが、ハツキリした記憶はない。

横光君は、「日輪」発表後、「新潮」に数作を発表してゐるが、「中央公論」に作品が載つたのは大正十五年である。だからトン〳〵拍子に進出したわけではない。

昭和二年には、横光、池谷、片岡、久米などと一しよに、秋田から新潟へ講演旅行したりなどした。この頃は、よほど親しく出入りしてゐたのであらう。その頃は、既に横光君は、最初の奥さんと死別してゐたのである。まもなく、僕の所へ出入してゐた小里さんと云ふ女性と恋愛した。この女性は、女子大の出身で文章も上手で近代的な女性であつたが、異常な性格で、恋愛してからすぐ、横光の寝てゐる蚊帳の中へ（わたし、そこへは入《は》つてもいゝ）と行つて、一しよに寝た位奔放であつたが、横光君と同棲しながら、つひに身体をゆるさないと云ふ女であつた。かう云ふ女にかゝつては、性愛技巧などは全然知らない横光は、どうにもならず相当悩まされたらしく、間もなく別れてしまつた。

そのあと、間もなく現在の奥さんを知つたのである。その頃、有島武郎邸にあつた文藝春秋社の離れで、横光君が、誰かと話してゐる。相手は障子の陰にかくれてゐるので、誰だらうと思つてのぞくと、若い女性だつた。世にもこんな美しい人がゐるかと思ふ位、美しい人だつた。それが、今の奥さんである。文章などもうまく、その手紙は横光がいつか小説に使つてゐた。

その奥さんとの話は、僕が奥さんのお父さんに直接会つて、話をまとめ、仲人なども僕がしたのである。

この時代の横光に、経済的に援助してゐたかどうか、すつかり忘れたが、横光が家を建てる時には、金を融通してやつたやうに記憶してゐる。

昭和五年には、満洲へ一しよに旅行した。池谷、直木なども一しよであつた。池谷と横光とは可なり親しかつた。

横光とは、旅行などもいく度もしたが、僕と二人ぎりで旅行する時などは、切符を買つたりする雑用は、僕がしてやらなければならない位、彼は世事にうとかつた。

いつか岡本かの子さんの家に、二人で遊びに行つたが、かの子さんと横光との問答を聴いてゐると、まるで子供同志が話してゐるやうであつた。

これで二人とも、小説がかけるのかと疑はれる位であつた。

池谷が、慶応病院で、まさに死なうとするとき、横光に頼んで、自分の奥さんに電話をかけて貰つた。看護婦などには頼めない電話であつた。横光にとつては、それが電話をかける最初であつたらしく、困り切つたらしい。

横光は、麻雀《マージャン》などもやつたが、下手だつた。尤もらしい顔をして考へた末に、とんでもないパイを捨てたりした。酒なども飲まず、花柳界などにも興味がなく、女性に対しても謹直であつた。生涯を通じて、前後三人の女性以外に恋人など持たなかつたのではないかと思はれる。

たゞ、一寸意外なのは、中学時代に野球の投手だつたと云ふ事丈《だけ》である。

自分とは、三十年に近い交遊であるが、横光に対して、いさゝかでも不快な気持を持つたことは一度もない。

僕の長女が、結婚するとき、仲人は頼めばどんな人にでも頼めたが、僕は横光にやつて貰つたのである。

僕は、始終彼を信頼し、愛してゐたのである。


（昭和二十三年二月「文藝春秋」）

デカダン的読書

読書は、乱読に如《し》かず。乱読以外の読書、学問のための読書、研究修養のための読書、必要のための読書は、同じ読書でも、一つの労働である。

自分は昔から乱読主義だ。殊に学校生活を離れてからは、研究的読書はほとんどやつたことはない。モツト、社会科学的な本も読んで見たいと、常々思つてゐるが、さう云ふ方面には中々頭が向かない。

乱読にかけては、自分は誰にも劣つてゐないつもりだ。中学の二三年時代から、町の図書館へ出かけて、手当り次第に本を読んだ。文学、歴史、自分は今でも歴史は好きだ。中学を出てから大学を出るまでに八年もかゝつたが、その間、自分は乱読を続けたものである。東京へ来た第一日に、上野の図書館に行つて本を読んで以来、学生生活に於ける自分の娯楽、消閑は図書館通ひであつた。貧乏で本が買へなかつたから、本は図書館で読む外はなかつた。

中学の一二年の頃に、春のやおぼろの「女武者」といふ本を貸本屋から借りて読み、とても面白くて堪らなかつたが、それは上巻だけで、下巻は其後何《ど》うしても読めなかつたのが、下巻はヤツト上野の図書館で発見して、読んだ。だが、下巻の方はチツトも面白くなかつた。恐らく上巻と下巻とを読む間に、自分の趣味なり、鑑識が変化してしまつたためである。その頃、自分の読みたいと思つてゐたものは、西鶴の好色本であつたが、それは何処の図書館でも貸出禁止になつてゐた。その後二三年経つて、早稲田の図書館で初めて宿望を達することが出来た。その時程感激したことは、自分の読書生活中では、他に例がないと云つてもいゝ。その後上野の図書館以外、大橋図書館、日比谷図書館、京都にゐた時には京都の図書館、その何れへも自分は百回以上、多いのは二三百回も通つてゐる。学生時代は大抵図書館へ行つて本を読んでゐた。だが、本を読むと云つて、自分は系統的に読書したのではない。文学歴史を中心として、雑書を漁つてゐた。殊に徳川時代の随筆雑書を貪り読んだ。しかも後で役に立てようといふ様な心持は少しもないから、只読み去り読み来つて、何も頭に残らない読方だ。読書と云つてもデカダン的の読書である。読書そのものゝ為の読書だ。かう云ふ様な読書が却つて本当の読書かも知れない。小説類の中では、自然主義風の作物よりも、歴史小説風のものが好きで、古くは村上浪六、奴の助、塚原渋柿園《じふしゑん》、松居松葉の歴史もの（飜案が多いと云つて松居さんが自分で云つてゐたが）などが好きであつた。自分が歴史小説を書く素因も、その辺にあると思ふ。だが、自分は大抵の作家は一通り読んでゐる。江戸時代の作家、明治時代の作家、現存の作家でも、例へば鈴木三重吉氏などの作品でも、自分は通読してゐる。鈴木さんの作品はそれまで一冊も読んだことがなかつたが、京都の図書館で一冊読んで面白かつたので、一週間位のうちに、全部読んでしまつたことがある。兎も角、学生時代は金もない故もあつて、読書の外の楽しみもなかつた。だから、日曜などでも朝から、図書館へ行つて本を読み、厭《あ》いたら新聞を読んで、また本を読んだ。

だから、今でもちよつと面白いエピソードが頭の中に残つてゐても、それが何んな本にあつたのか、ちつとも思ひ出せない。たゞ、徳川時代の文学、風俗、雑記、そんなものに親しんでゐたゝめに、歴史小説などを書いてもアツトホームな気がする。それが自分の読書から得た賜物かも知れぬ。だが、自分は正統な日本文学には余り精通してはゐない。王朝時代の物語なぞは余り読まなかつた。京都の大学時代には、大学の研究室で英語で読める戯曲は大抵読んだ。

作家生活を始めてから、殊にこの数年、読書をやる機会がない。たゞ、英米の戯曲とか、通俗小説類は時々読む。殊に通俗小説類は、参考のために可成り蒐めて、自分も読み、人にも読んで貰つて、梗概などを聞いてゐるが、しかし、外国の通俗小説は、筋が単純で、余り参考にはならない。兎に角、作家生活をしてゐると、昔やつた様な無責任な暢気な読書などをしてゐる閑がない。だが、自分もモツト、身辺の落ちつきを得て、暢気に本を読んでゐる様な生活には入《い》りたいと思つてゐる。

（大正十四年十一月「改造」）

自作上演の回想

自作の上演を観るのは、大概の場合、決して気持のいゝことではない。尤もこれには自作に対する不満を、事新らしく覚えさせられる場合の不快と、折角自分がその作品の中で意図したものを、演技者の粗末な芸のために滅茶苦茶にさせられたのを見せられた場合の不快と、この二つがあるのは勿論であるが、いづれにしても不快は不快である。よく自作上演の初日などに観に行く作者があるが、自分にはとてもその勇気がない。自分はいつも、まづ噂を先に聞いて、あまり変でないのを確めない中は殆んど行かないと言つていゝ。別に世評を気にする訳でもないが、自作とあつてみれば、出来のよくない芝居など観たく思はぬのが蓋《けだ》し人情ではないか？

自分は今日まで、幾つかの戯曲を書いて来たが、所謂新劇運動とは、あまり縁のある方ではなかつた。「藤十郎の恋」と言ひ、「忠直卿行状記」と言ひ、「父帰る」と言ひ、「屋上の狂人」と言ひ、それを上演した人々は、鴈治郎であり、勘弥であり、猿之助である。

自分の文壇へ出たのは大正七年であつた。自作の初めて上演されたのは、その翌年の三月であつた。当時は所謂第一期の新劇運動が、その発生した方面に衰へて、却つて従来の劇場方面に興り、玄人《くろうと》の俳優が漸く新劇に目覚めて来た頃であつた。これより先すでに早く、かの「牛乳屋の兄弟」によつて令名を得てゐた久米と、それまで碌々たる無名作家であつた自分とが、この経歴に於て異にするもの丶あるのは、一つにこれ時代でもあるであらう。

「藤十郎の恋」では、あの役柄は、鴈治郎を措いては外にその人が無いだらうと今でも思つてゐる。或ひは永久に及ぶ者が無いかも知れない。しかし自分があの作品に籠めたあの役の精神を瞭《はつき》り彼が握つてゐるかどうか？　尤もこれは自分の戯曲「藤十郎の恋」ではなく、大森痴雪の脚色に依るものだが、決して脚色の罪では無いと思ふ。自分の戯曲である方では勘弥が演じたけれども、これはやはり、勘弥その人に非ず、古今の名優坂田藤十郎になり切つてゐなかつた憾みを覚えた。延若もこれを演つた筈だが、これは機無くして見ずに終つた。彼の芸風から推して、観たかつた気もさせられてゐる。

勘弥が最も成功したのは、「恩讐の彼方に」であつたらう。吉井勇君も頻りに賞讃してゐたが、蓋し彼としての出色の舞台であつた。それに引《ひき》かへて、彼の最も失敗したのは、友右衛門と共演した「ある兄弟」である。いづれも学生になり切れなかつた処にその原因がある。この上演は蓋し、自分が観た自作上演の中で最も不愉快な一つであつた。がこれも強《あなが》ちこの二人の芸の巧拙といふ事で片付け去る事では無いかも知れない。現在の多くの俳優が学生に扮し切れない。畢竟これは生活の相違から来るものである。で当代この点で人を求めれば先づ澤田であらう。いつぞやの田中総一郎君作「青春」の舞台などは、明かにその好例を示してゐたやうに思ふ。

「屋上の狂人」では勘弥のも観たが、澤田の時の幕切れが、強く引締つて、自分の考へてゐた味がかなり濃く現はされてゐたのには推服した。浅草の常盤座で新派の大矢市次郎が演つたのには、一種低能児的な、妙な風格があつたさうだが、これは観てゐない。

「父帰る」の猿之助と澤田とは、双方観てはゐるが、別にその比較評をするでもないであらう。武田正憲のも観たが、やはり感心はさせられた。たゞその幕切れで、あの主人公である兄が、感情的に忙しく飛出る所を、厭々ながらといふ風に出て行くなど、作者の気持とは異つてゐたが、これには又これで彼自身の解釈があつたのであらう。

「父帰る」も「屋上の狂人」も、舞台を自分の郷里讃岐にとつて、方言を使つてあるがこの発音で稍《やゝ》正しきに近かつたのは猿之助である。由来讃岐言葉には、あまり瞭《はっき》りしたアクセントが無い。でこの一種間伸びした調子は、澤田が抑揚を強めてしたに反し、猿之助が、故《ことさ》ら抑揚を殺す行き方でして、却つて遥かに、真に近い効果を挙げてゐた。事些細のやうではあるが、作者故国の言葉となつて見れば、自分にとつては、かなりに印象に関はつた点でもある。なほ、猿之助では、「義民甚兵衛」の出来も挙げて置きたい。

左団次では「浦の苫屋」といふものがある。脚本が悪いから演り栄えもしなかつたらうとでも言ふより外はあるまい。菊五郎の「海の勇者」なども、演所の少ないものだつたが、それにしては巧い所を見せてゐた。あれなどがもし観られたとすれば、それは作者の巧でなくして俳優の芸であらう。「奇蹟」は単に着想だけに過ぎぬもの。先頃の「入れ札」は遂々《とう〳〵》観ずに終つた。先頃といへば、新劇協会の「真似」といふものがあるが、あまり感心しなかつた。あの作品は故ら推奨して呉れる人が折々あるが、自分ではそんなにいゝなどと思つてゐない。

自分と一番縁の多いのは澤田であるが、「時の氏神」などはもつと淡泊に演つて貰ひたかつたと思つてゐる。彼の上演の中で自分の気に入つたものを挙げれば、「温泉場小景」などであらう。

自作の長篇小説で、他に脚色されて上演されたものも二三あるが、これはたゞ自分が原作であるといふだけで、別にその舞台での効果に芸術的責任を感ずる必要もなく、従つて何の感想も起らない。「真珠夫人」の時には、一寸覗いて見たが二十分もして出てしまつた。「第二の接吻」は元来が対話を多くして書いた小説なので、その言葉の生きてゐる処などに、作者としてのある興味を覚えたが、これもたゞそれだけの事である。

自分は前に、劇場の註文によつて戯曲を書くことについて、寸言を述べて置いたが、「義民甚兵衛」やその他などの如く自作小説の脚色の場合などを除いて、戯曲の創作をする場合には、別に、舞台での上演効果や、その便宜といふやうなことを顧慮して書いてゐない。たゞ劇中に扱ふべきテーマを本位とし、それに従つての表現方法を採つたといふだけである。だから自分の諸作中には、到底これは完全な上演が覚束なからうと自分にも思はれるものもある。しかしそれが機会あつて上演されたのを見て、これでも芝居になるか、(「恋愛病患者」などは、その第一の例である。) と意外に感じさせられた場合が、決して無いではなかつた。

自分の作品の中で、まだ脚光を浴びないのは割りに尠い。「鉄拳制裁」「乳」「夫婦」の三つ位であらう。尤もこの前後の二つは何処かで試演的に上場されてゐるらしいが。

最後に、自分の戯曲の中で、厭でないものだけを挙げて置く。「屋上の狂人」「茅の屋根」「時の氏神」「恩讐の彼方に」「義民甚兵衛」。

その余は、多少なりとも自分の気に入らぬ所を持つてゐる。

(大正十五年四月「テアトル」)

自分の小説の中の女性

自分は、自分の小説の中で、好んで凡そ三つの系統に分けられる女性を描いてゐる。美しい清麗な女性で、いざとなると強くなれる女――「真珠夫人」の瑠璃子、「慈悲心鳥」の静子、「新珠」の瞳、「陸の人魚」の麗子の類である。もう一つは、フラッパア味を帯びた快活な智的な女性である「新珠」の爛子、「受難華」の寿美子である。今一つは純情で素直でロベリヤの花のやうに可愛いつゝましやかな少女である。「第二の接吻」の倭文子《しづこ》、「真珠夫人」の美奈子である。

やつぱり自分としては、理想的な女性を小説にかいてゐるわけで、真殊夫人を書いた時代は、真珠夫人らしい女性が好きだつたし「受難華」を描いたころは寿美子らしい女性が好きだつたわけだ。

自分の小説の中で、どのヒロインが好きかといはれて一寸困るが、結局どのヒロインも、少しづゝは自分の好きな女を理想化してあるわけだ。

自分としては、結局よく描けてゐるヒロインが、一番好きといふことになるわけだ。「受難華」

の寿美子は、自分の小説のヒロインの中では、一番ポピュラーな女性であらう。映画では、栗島すみ子が扮した。だが、小説の中の寿美子はもつと潑溂として、もつと純真で、もつと美しいはずである。日本の映画女優では、その人がないといつてもよい。栗島すみ子が、とにかくある程度までお茶をにごしたことを多としなければならない。

実在の人間で寿美子のやうな女はあるかどうか疑はしい。たゞ、去年名古屋から、特急で東京へ帰る汽車中、のり合はした若夫婦があつた。その妻の、くりつとした可愛い顔といひ、気品といひ、均斉のとれた身体といひ、いかにも寿美子そつくりなので、感嘆して見てゐたが、これは某公爵の令弟夫婦だといふことだつた。

（昭和二年九月一日「週刊朝日」秋季特別号）

モダンガールを書いた始め

「新珠」は、瞳、都、爛子といふ若い三人の姉妹の違つた性格を書かうとしたものである。三番目の爛子は聡明で快活で、コケットなところもあるといふ、いはゆる善良な意味のモダンガールである。姉達二人は従来の女に見受ける性格であるが、この三番目の爛子は全く新らしい性格で、小説に現れたモダンガールの最初ではないかと思ふ。

この小説は筋として、あざとい事件は一切扱はないで、普通の家庭生活に起り相《さう》なものばかりで書いてある。さういふ際どい如何にも小説的な筋が少しもないことが聊《いさゝ》か自分の自慢に思つてゐるところである。この小説の中には女の貞操に関する自分の意見が含まれてゐる。つまり女としては愛されゝば貞操を許すのが当り前か、愛してゐても姉の瞳のやうに許さないのがいゝかといふのであるが、愛してゐれば貞操を許すのが正しいといふことも或点まで私はあの中に書いてある。二番目の妹は失敗してはゐるけれどもそれには充分な理由があると思つてゐる。最後に姉が勝利を得たやうに見えるが、態度としては、自分は都を肯定してゐるつもりである。しかし偶然事件があんな風に運ばれたけれども、興味の中心に置いてゐたのは全然新らしい爛子の性格であつた。

（昭和三年二月十二日「東京日日新聞」）

想ひ出ひとつ
――「父帰る」と私の生立ち

たしか去年の夏頃だつたと思ふ、新潮社の中根支配人が、朝早く、突然、僕のところへやつて来たので、(どんな急用があるのか?)と思つてゐると、その要件といふのは、或る集会の席の催し物に、僕の「父帰る」を上演するから許して貰ひたいといふのだ。

「誰が演《や》るのか……」

と訊いたら、中根氏の返事が振《ふる》つてゐる。

「あの中の父親は私が演るんです。それから息子の賢一郎と信二郎は、うちの社長の長男と三男の二人で演る筈なんです」

この言葉に、

「それは面白いでせう。あんたが、どんな恰好で演《や》るか観《み》に行かうか……」

と笑ひ話をしたことがあるが、元来「父帰る」が初めて世に出たのは、忘れもしない大正十年十月二十五日の夜である。

私は、芥川、久米、里見、山本等の友人知己と一緒に見てゐた。私は芝居の進むにつれて、涙が溢れて仕様がなかつた。自分一人かと思ふと、横にゐる芥川まで泣いてゐた。

幕が終るとともに、私は友人達の称讃を浴びてゐた。この連中は、お座なりを云はない人々であるだけに、私は嬉しくてたまらなかつた。私の文筆的生涯の中で、この晩ほど感激に充ち、作家としての歓喜に充ちたことはないと云つてい丶。これからも、そんなことは再びないだらう。私は、自身で一個凡庸の人間を以て任じてゐる。創作家の欣びなどは感じたことは少い。が、その私も、あの晩だけは、創作家たるの歓喜をしみ〴〵と感じたわけである。

私が、「父帰る」に就て自慢したいのは、筋や境遇ではない。あの実感に充ちた台辞である。あの台辞には、私の少年時代の生活が、何処となくにじんでゐるのである。

私の父は家出したわけではない。私の家には、一人家出した叔父がある。父の弟の巳之吉と云ふのである。私の叔父は生きてゐたならば、今年八十何歳であらう。実は、私が「父帰る」の手前味噌をかくやうになつた動機は、叔父に似た名前を新聞で見て、はしなくも行方不明の叔父を思ひ出し、「父帰る」創作の因縁を想ひ出したためかも知れない。

私の家は、藩の文学の家である。が、私の叔父は若い時から家の学問はしないで、のらくらしてゐたらしい。しまひには、理髪を覚えて、私の家の一部を床屋にして営業をしてゐた。まもなく兄である私の父と喧嘩して家を出たのである。私が、十八九の時には、叔父が家出してから二十何年経つてゐた。が、時々父と母とは、叔父のことを話してゐた。

「もう年が年ぢやけに、生きて居つたら、ハガキの一本ぐらゐはよこす筈ぢや。」

私の母は、そんなことをよく云つてゐた。おしまひには、死んだと云ふことに定めて、母が何処かにしまつてあつた叔父の写真が仏壇の中に飾られてあつた。それは茶褐色に色の褪《あ》せた写真だつたが、その髪を伸ばした面影が、私の仲兄にそつくりであつた。私は、仲兄のことを小説「肉親」でかいたが、もし仲兄が、もう少し大胆であつたら、この叔父と同じやうに家出する運命であつたかも知れないのである。

私は「父帰る」の中で、仏壇の中の写真は飾つてない。それは、私が新派的になるのを怖れてわざと避けたのか、それともつい忘れたのか、今では思ひ出せない。

少年時代私の家は衣食にこそ困らなかつたが、窮乏の度は可なり甚しかつた。私は、写本を持つてゐたことが一度ある。私が写本を作るために、友人の本を借りてゐた処、その借りた本を紛失して蒼くなつたことがある。私は、修学旅行に行けなくて、父や母に当りちらしたことがある。父は、蒲団を被つて寝たふりをしてゐたが、私が余りしつツこく不平を云つたので、

「少しは公債があつたのを、お前の兄が使うたので、余分のお金は一文もないんぢや。恨むんなら兄を恨め……」

と云つたことがある。その当時の私にとつて、自分の家が金持になる唯一の希望は、この家出した叔父が、大金を儲けて帰つて来ることであつた。私は、不自由な生活のために、少年時代の感情が、傷《きずつ》けられる度に、よく叔父が大金をひつさげて、ひよつくり帰ることを夢想するやうに

なつてゐた。

あの中で、御殿女中から箸箱に恋歌を添へて送られたと云ふのは、それは私の叔母の夫のことである。築港から親子が身を投げたと云ふことは、私の町に昔起つた悲惨事である。

「父帰る」は、私の作品の中では、私の過去の生活が一番にじみ出てゐる作品である。つくりものはいつしか色が褪せてくる。リアルであるものは、見あきがしないとつくぐ〵思つた。

（昭和十二年三月「日の出」）

地道で真摯な作風

――加能作次郎氏の「世の中へ」を読む

自分は、昨年十二月の「新潮」に載つた加能氏の「羽織と時計」とを読んで、可なり感心した。江口や久米にあつてその話をすると彼等両人とも「あれは加能君の傑作だ」と言つた。が、その時の一般の評判は、自分達が思つて居たほどよくはなかつたので、自分は機会があれば「羽織と時計」とに就いて、一言自分の考へを言ひたいと思つて居た。所が、その裡に加能氏の創作集「世の中へ」が出版されて、新潮社から自分にも一本を送られた。それを手にしたのは朝だつたが、正午頃迄に一気に読み終つてしまつた。そして自分は、近頃此の位心持のよいしみ〴〵した読後感を得たことはないと思つた。

加能氏は、孰《ど》ちらかと言へば、文壇的には不遇な人であつた。氏が処女作たる「恭三の父」を書いてから、もう十年にもなるが、その間氏は絶えず日当りの悪い方にばかり廻つて居たやうである。氏が文学雑誌の記者であると言ふことは、一見文壇的の活躍に有利のやうであつて其の実甚だ不利であつた。加藤武雄氏などもその点では、同じやうに損をして居るのではないかと思ふ。

が、加能氏は世間の人気などに負けずその真摯な努力を続けられた為、昨年あたりから漸くその真価を認められて、押しも押されもせぬ、位置を確保されたことは人事ならず嬉しく思ふ。殊に一昨年の頃であつたか、加能氏が自分自身を文壇的の廃人を以て呼ばれたことを記憶して居る丈《だけ》に、自分は氏が此の頃の活躍を欣ばずには居られないのである。

一体、今の文壇で加能氏位地道《ぢみち》な真摯な人はない。作家の中には、よく正面を切りたがる作家が居る。何時も、大見得を切つて居るのである。色々な壮大な人聴のいゝ標語などを振翳して盛に正面を切る作家が居る。が、加能氏は絶対に正面を切らない作家である。何時も素で何時も生れたまゝである。此の人は芸と云ふことを少しも持つて居ない人である。その作品も自分が見た人生の姿を正直に、素朴に描いてある丈《だけ》である。が、本当の人生の姿や、本当の人間の姿は、却つてかうした無邪気な気取らない素直な作品の中にマザ〳〵と浮き出すのではないかと思ふ。否実際浮き出して居ると思ふ。

加能氏は、自分の経た人生を正直に温和しく、描いて居る。が、自然主義の作品の如く荒寥たる所がなくして、至る所に涙ぐましい程の温情が漂つて居るのは、実に加能氏の人間のよさが表はれて居るのだと思ふ。

加能氏は、少年時代から青年時代にかけて可なり苦労をした人であるやうである。が、その苦労に依つて、人生に対する氏の心持が僻んでも居なければ、ねぢけても居ないと云ふ事は、尤も自分を感心させた所だ。氏の長篇の「世の中へ」や「これから」の中で、氏が可なりその人の為に虐げられたに違ひないと思はれる人々に対してさへも、少しも偏見や憎みを持たざるのみか、追慕に似た心持で書いて居るところは、読んで居ても気持がいい。

氏の創作を読んで、思はず自分を涙ぐませるものは、その随処に現れて居る純真な人情の描写である。「これから」の中に於いて、年長の従姉お民さんに対する恭三の心持や、恭三に対するお民さんの心持などは、そこに純粋な愛の現れを感じて、しみ〴〵とした心持を読者の心に起させる。人類全体に対する愛などと云ふやうな、そんな理窟ばつた自覚した愛などよりも、かうした無自覚な自然的な愛の方が、何《ど》れほど美しいものであるか純なものであるか分らないと思ふ。「故郷の人々」の中に出て来る恭三の父及びその周囲の人々も、質朴な人情の世界に無自覚に行動して居ることが如何にもいぢらしい。

又恭三その人が、充分現代的な心持を懐きながら、妄みに「父と子」との問題などを惹き起さないで、自分の心持を抑制して、周囲に順応して居る態度などは、ゆかしく思はれる。

全体を通じて、潑溂たる描写もなければ、奇抜なテイマもない。が、実際人生の本当の姿は、加能氏の作品に見るやうな他奇のない質実なものではあるまいかと思はれる。そして、人生の本当の姿を写すには、うますぎるやうな技巧よりも、加能氏のやうな質実な飾り気のない技巧の方が、何《ど》れ丈《だけ》適当で有効であるかも分らないと思ふ。

自分は、前に述べた通り、加能氏の「羽織と時計」とを、賞めるつもりで居たが、「世の中へ」のどの作品を読んでも、「羽織と時計」程度以上に面白いので、「羽織と時計」ばかりに拘泥することは、よした。尤も、此の作品が発表された当時、ある批評家は加能氏が「羽織と時計」とに拘泥し過ぎると言つたが、恐らく夫《それ》はその人が生活の必需品に近いものを、人から恵与された経験がないからで、自分の如く窮乏の為に他人から色々に物を貰つた経験のある者には、加能氏が人から貰つた「羽織と時計」とに拘泥し気を遣ふ心持は、適確にビシ〳〵と共鳴するのを覚えた。とにかく、さうした訳で「世の中へ」は、世の中へ出る為に、苦労した者、又之《これ》から世の中へ出る為に苦労しなければならぬ者にとつては、尤も意味のある作品集であると思ふ。世の中へ出る為に、苦労した者には、此の作品の中に現れた涙が本当に理解せられ得ると思ふ。又之《これ》から、世の中へ出るのに苦労しなければならぬ者は、此作品の中に現れた善良な面も力強い意志に依つて鼓舞せられるだらうと思ふ。兎に角、自分に取つて「世の中へ」は、最近に読んだ物の中では、最も自分の胸底に徹した創作であることを、誰人の前にも自分は公言し得る。

（大正八年四月「新潮」）

廣津和郎氏に

四月九日附渋温泉からの手紙拝読しました。その御返事を公開状にすることが、適当であるか何《ど》うか一寸解りませんが、貴下のお手紙が凡て小説に関するお話しであつた以上、そのお返事を公開しても一向差支へないと思ひますから、其上、私は早稲田文學の為に何か書かうと思ひながら、何の題目も何の題目も、充分熱が乗らないで困つて居た処でありますから、貴下にお返事を書きながら、同時に早稲田文學との約束を果し得ることは、非常に好都合ですから、少し手前勝手かも知れませんが。

私が「日日文芸」で貴下の「死児を抱いて」に対して加へた批評に対する貴下の抗議は、一応尤もに思ひました。あゝした狭い紙面で多くの作に応接する以上、用語の不備や不用意から作家に起す不快に対しては、済まないと思つて居た所でした。あの「死児を抱いて」の主人公を、性格破産タイプに云ひ切つた事は、如何にも少し済まないと思ひます。

が、私は貴下の描かれるある性格に対しては、何時も不満なのです。「神経病時代」の主人公いて」の主人公に対してもさうでした。今度の「死児を抱いて」の主人公に対してもさうなのです。私は、貴下が人生を観る眼と之《これ》を描き出す技倆に対しては、何時も敬意を払つて居ます。が、さうして描かれた人物の性格なり態度なり行動なりに対して同感もしなければ同情も出来ないのです。「かう云ふ人間が居る以上仕方がない事で、夫《それ》を其儘に描出すより外はない」と貴下は、考へて居られるやうです。私の考へ方は少し違ふのです。例へば今度の「死児を抱いて」の主人公に対して死際までも只一言「愛する」と云ふ事が云へない、私は「日日文芸」で云ひました通り、私はあの態度が如何にも不快なのです。只一言主人公が愛すると云ふ嘘を吐く事に依つて、一個の女性が永久に幸福であり得るにも拘らず、換言すれば自分が傷けた女性を更に犠牲にして迄も、自分の正直さそれは利己的な人生に於て最も有害な正直さだと私は思ひます——を頑守して行く所が、私には堪へがたく不快なのです。

もう一つ私はあの主人公に対して慊《あきた》らないことは、あの主人公が二年に近い間ある女性と同棲してその間に一度も愛が湧かないと云ふ事が私には如何にも非人間的に思はれるです、無論二人の男女の間には、愛情の盛衰消滅はあるでせうが、二年も同棲して居ながら、その間に一度も愛が起らないと云ふことは私には何《ど》うにも考へられません。若し又実際愛が起らなかつたならば、あの女主人公に重大な性格上の欠陥か、でなければ容貌上の欠陥がなければならない筈です。然るにあの「死児を抱いて」の女主人公は、私には可憐な愛すべき少女のやうに思はれます。あんな可憐な少女と二年の間同棲しながら、あの女に対して少しの愛も感じないやうな男は、私は何

う も私などとは同じ感情を持つた人間とは思ひ得ないのです。

私は若しもあの女主人公が、女性として性格上に欠陥があるとか、容貌が醜悪でありながら、夫《それ》を主人公が一時の迷から関係した後も、何うしても愛し得ないと云うたならば私は主人公にも満腹の同情を表しただらうと思ひますが、あんなに可憐な少女と同棲しながら昔の恋人に対する夢のやうな愛の為に愛し切れないと云ふことは、私には可なり不合理のやうに思はれます。又あの主人公が、妥協的に胡麻化して行けない性格ならば、あの女主人公と関係する前に、もう少し大きい苦悶が、あの主人公になければならないと思ひます。私は、如何なる意味に於ても、あの主人公と共鳴しません。従つて、私はあの主人公の悲劇は、私とは丸で違つた人間の悲劇です。

私が、若し作者たる貴下が、あの主人公に下した批評が、私の考へに似て居たならば、又私のあのお作に対する考へは別だつたかも知れません。貴下は私に下さつた手紙の中で「一歩踏み違へた道を、いつまでも踏み違へたと意識し、且つそれの恐ろしさを知つて居るが為に、そして少しも妥協的にその踏み違へた道の苦しさを胡麻化してしまふことが出来ない為に『死児を抱いて』の男主人公の悲劇は生れて居るのです。若し彼が女主人公の要求通に『愛する』と云へたら、女主人公は勿論、読者も何んなに安心するかも知れないと云ふ事を作者はよく知つてゐます。併しあの主人公が終にさう云ひ切れないところに、作者は考へて見なければならないことを発見して居るのです。」と、書いて居られますが、私の知りたいところは実にその最後の所です、作者が考へて見たことは何かです。あゝした性格を作者は何《ど》う思ふのか、私はそれが知りたいのです。

あゝした悲劇を何《ど》う作者が批判して居るか私は夫《それ》を知りたいのです。あなたが考へて見たことを知つたならば、私は案外貴下と同感し得るかも知れません。が、あの作品の中には「作者は考へて見なければならぬことを発見した結果」は、少しも出て居ないやうです。貴下は、読者も銘々に考へて見ると云はれるかも知れませんが、作者が第一に自分があれに就て考へたことを作品の何処かに表現するのが、本当でないかと思ふのです。あなたのお手紙に依りますと、「作者は色々考へて居るのだ」と云ふことが非常に力説されて居るのにも拘はらず、作品の上には、少しもその考が出て居ないのは、私には少し変に思はれます。作者はある事件を如実に描く丈《だけ》で、それに反対する作者の肝心な真面目な考へは作品には出さないのだと云ふ事は私には首肯し得ません。私はある事象を描き出すと共に、その事象に対する作家の思想なり批評を加へることが、創作家の特権の一つだと思つて居るのです。

さうした訳で、私は「死児を抱いて」に就ては、作の出来栄などと云ふことと離れて、私は描かれた事象に対して不満なのです。かうした不満の持ち方が正当であるか何《ど》うかは、まだ自分でも充分考へて見ませんが、実際不満なのですから止むを得ません。

私は、自分と同時代の作家として、充分尊敬して居る貴君が、好んで描かれるある種の作品に対して充分理解を持ち得ないと云ふことは、如何にも残念にも思ひますので、幾度も考へ直して見ますが、今の処私の考は前述の通であります。

従つて私は、貴下の作品の中ではかうした事象の描かれて居ない方の作品が好きです。「握手」

の中には、さうした作品は、一つも見当らないやうであります。「悔の主人公」の心持にも私は充分理解を持つ事が出来ました。「本村町の家」や「哀れな犬の話」を、私が殆ど無条件に感心して居ることは、何時かも何処かで書いたと思ひます。私は此二つの作品に現れて居る貴下の純な美しいセンチメントを何時も快く思ひます。貴下自身は「二人の不幸者」や「死児を抱いて」の方を、得意なものだとお考へになつて居るのかと思ひますが。私は「本村町の家」の方にこそ本当の廣津が出て居るやうに思ふのです。何うも私の誤解かも知れませんが「死児を抱いて」に現れて居る貴下の人間観や恋愛観は少し僻んで居るやうに私には思はれます。素直な純な作者は「本村町の家」や「哀れな犬の話」や「師崎行」の方によりよく現れて居るのではないかと、私には思はれます。

「神経病時代」を読んだ時にも、私は貴下の作家としての素質には充分敬服しましたが、描かれた世界には余り多くの親しみを持ち得ませんでした。「本村町の家」を読んで、初て私は貴下の作品全体に対して敬意と親しみとを持つことが出来ました。その次に読んだ「師崎行」にも私は多くの親しみを感じました。私は「二人の不幸者」の作家としての廣津君「死児を抱いて」の作家としての廣津君には、何等の親しみを感じ得ないのです。「本村町の家」の作家としての貴下「哀れな犬の話」の作家としての貴下には、現代の他の作家に対しては稀にしか感ずることの出来ないほどの親しみを感ずるのです。「握手」の中の「崖」など云ふ小説でも、私はあゝしたものならば好きです。私が貴下のかうした作品が好きな訳は、貴下の所謂余りに容易に市民権を得られさうな人間で私がある為かも知れませんが、兎に角に私は、かうした方面の貴下を「二人の不幸者」「死児を抱いて」方面の貴下よりも、遥に好きなのです。私は、貴下が何の方面の作品により多く自信を持つて居られるか知りませんが、若し「本村町の家」よりも「死児を抱いて」や「二人の不幸者」により多く自信を持つて居られるとしたならば、私は貴下の作品に対して本当の理解者でないのかも知れません。さうだとすれば、甚だ遺憾ですが仕方がありません。

その他の事は、お目にかゝつた節色々申上げたいと思ひます。ちつと書きたいことを充分書き切らなかつたので、意味が通じない所があつたかも知れません。さう云ふ点もお目にかゝつた節説明します。

（大正八年五月「早稲田文學」）

文芸閑談

批評家の一種

批評家の中には、作家が真面目な作品を書いて居る間は、黙つて黙殺をして置く。そして、若《も》し作家が油断をして少しでも調子を緩めるとか、道楽気を出すとかすると、一斉に飛びかゝつて喉首に嚙み付かうとする。まるで、狼が行人の後から随つて行つて、行人が躓くか、脇見をするかすれば、跳びかゝるのと同じだ。文壇ほど、人気の険悪な所は恐らく他にはあるまい。

「才」とは何ぞや

里見弴氏が「中外」に於いて「うますぎる事」の弁を書いた。尤も千万な事である。一体創作家が、批評家の妄言妄語を甘受して居るから、批評家が段々増長して勝手な事を云ふのだ、「うますぎる」とか、「才があり過ぎる」などゝ云ふが、此頃の文芸批評に使はれる「才」と云ふ言葉ほど、大雑把なアムビギュアスな出鱈目な言葉はない、芥川龍之介も才人である、里見弴も才人である、佐藤春夫も才人である、久米正雄も才人である。小山内薫も才人である。長田幹彦も才人である、谷崎潤一郎も才人である。かうなると、実際腹が立つて来る。之等の人々を引つくるめて才人扱ひにする批評家は、之等の作家が、各自に持ち合はして居る特色の判別の付かない色盲的批評家のやる事だ。芥川の所謂「才」と、里見の所謂「才」とても、本当に鑑賞眼のある批評家が、見たならば、其処に劃然たる境域が存在することに、気が付くだらう。感覚の鋭敏、異常、感受性の繊細、鋭敏、表現の巧緻、機智、深刻なる洞見、富贍《ふうせん》なる想像、奇抜なる構想、こんな物を、凡てゴツチヤにして、「才気」としか名を付ける事の出来ない批評家は、愧死してしまふがいゝ。「才気」などゝ云ふ魯鈍な評語は、王朝時代位の文芸批評をやる時には、適当した言葉だ。高級な鑑賞力を持つて居る筈の、現代の批評家が口にすべき言葉でない。「才気」などゝ云ふ評語しか持つて居ない批評家は、愧死してしまふがいゝ。

　尤も、批評家が、自分の持つて居ない物、自分には解らぬ物を、貶す為に「才気」と云ふ言葉を、用ふるのは一向差支へがない。

ロマンチック小説

先月の時事文芸欄で、近松秋江氏と高須梅渓氏とが、ロマンチック小説を排したり賛したりして居る。夫《それ》は、その人達の勝手として、今の文壇に此の人達が問題にして居る「ロマンチック小説」など云ふものがあるだらうか。さう云ふと、或は谷崎潤一郎だとか、芥川龍之介の作品を挙げる積《つもり》かも知れないが、谷崎のものにしろ芥川のものにしろ何処にロマンチシズムの匂がすると云ふのだ。文芸上の言葉の概念や、作品の鑑賞を充分探討《たんたう》せずして議論をすることが、此の頃の文壇の流行だ。王朝時代を描けば直ぐロマンチックなものだと思つて居るやうな人が、盛んにロマンチック小説を論じて居るのだから、救はれない。

文芸批評家

ある人が、美術批評家や劇評家は文芸批評家ほど、悪辣ぢやないねと云ふと、他の人が「それは美術批評家の多くは絵を描かず、劇評家は芝居をやらないからさ」と云つた。至言に近い。今の文芸批評家は、アハよくば創作家にならうとして居る。従つて純然たる局外者の位置に何うしても立てなくなる。

不遇作家を優遇せよ

相馬泰三氏の「荆棘の路」を読んで以来、自分はあの作中に描かれたる不遇な作家達に対して、心からの同情を禁じ得ないゝ。「或はそんな貧乏をして迄、小説を書く必要があるか」と云ふかも知れない。が、生れ付き創作すべく生れ付けられて居る以上、又如何ともすべからずである。鳥の鳴くはその性である。作家の創作せんとして又止みがたきも、その性である。殊にあの中に描かれて居る吉村、香川など云ふ不遇作家の作品も、その絶対価値の上に於ては、決してあの中の流行作者たる高梨や原口の夫《それ》に、劣つて居るものではあるまい。たゞ作風の真摯な為や、境遇の悪かつた為に何時迄も、文壇の椽外《えんぐわい》や廊下へ坐らされて居るのかも知れない。不遇作家の中には、流行作家よりも真摯な真に芸術に敬虔な人が多い。文壇は、多くの不遇作家に対し、もう少し温情を以て接してもいゝと思ふ。

文壇の党派

文壇は、もつと快いジョヴィヤルな、好意に充ちた所にしたいものだ。赤門派の作家を退治するものが、必ず早稲田派の批評家であつたり、早稲田派の作家をやつ付ける者が、赤門派の批評家であつたりする事は、感情以外の理由も存在するとしても、余り見つともいゝ事ではない。

スケール論

或る人が、芥川龍之介の作品を評して、「偸盗」以後は段々スケールが小さくなると云つた。恐らく此人はスケールと云ふ事は、枚数の事だと思つて居るのだらう。もう一人の批評家は、芥川の作品は人生の一断片を画面化するに過ぎないと思つてゐる。此の批評家は、顔丈《だけ》よりも半身像を、半身像よりも全身像を、全身像よりも群像を、彫刻芸術の極致だと思つて居る男だらう。ロダンの「鼻かけの男」よりも、日本の文展に出る群像などの方が、秀れて居ると思つて居る男だらう。ユーゴーが八百枚を費す所を、メリメは二十枚で書いて居る、ゾラが二百枚で書いて居る所を、モオパサンは十枚で書いて居る。長篇横行と無意味なる枚数尊重ほど本当の芸術を害ふものはない。

カルチュアの相違

批評家の中には、実生活から取つた題材の小説でなければ解らない人が居る。夫れは、偶々その批評家のカルチュアの貧弱と趣味の狭小とを語つて居るものではあるまいか。もう少し本を読むと、どんな題材の面白味でも分つて来るのだが。

（大正七年八月　発表誌未詳）

志賀直哉氏の作品

一

自分は現代の作家の中で、一番志賀氏を尊敬して居る。尊敬して居るばかりでなく、氏の作品が一番好きである。自分の信念の通《とほり》に云へば、志賀氏は現在の日本の文壇では、最も傑出した作家の一人だと思つて居る。自分は、「白樺」の創刊時代から志賀氏の作品を愛して居た。夫《それ》から六、七年に成る。その間に、自分は且つて愛読して居た他の多くの作家（日本と外国とを合せて）に、幻滅を感じたり愛想を尽かしたりした。が、志賀氏の作品に対する自分の心持丈《だけ》は変つて居ない、之《これ》からも変るまいと思ふ。自分が志賀氏の作品に対する尊敬や、好愛は殆ど絶対的なもので従つて自分は此の文章に於いても、志賀氏の作品を批評する積《つもり》はないのである。志賀氏の作品に就いて自分の感じて居る事を、述べて見たい丈《だけ》である。

二

志賀氏は、その小説の手法に於いても、その人生の見方に於いても、根底に於いてリアリストである。此の事は、充分確信を以て云つてもいゝと思ふ。が、氏のリアリズムは、文壇に於ける自然派系統の老少幾多の作家の持つて居るリアリズムとは、似ても似つかぬやうに自分に思はれる。先づ手法の点から云つて見よう。リアリズムを標榜する多くの作家が、描かんとする人生の凡ての些末事を、ゴテ〳〵と何等の撰択もなく並べ立てるに比して、志賀氏の表現には厳粛な手堅い撰択が行はれて居る。志賀氏は惜しみ過ぎると思はれる位、その筆を惜しむ。一括も忽《ゆるがせ》にしないやうな表現の厳粛さがある、氏は描かんとする事象の中、真に描かねばならぬ事しか描いて居ない。或事象の急所をグイ〳〵と書く丈《だけ》である。本当に描かねばならぬ事しか描いて居ないと云ふ事は、氏の表現を飽く迄も、力強いものにして居る。氏の表現に現はれて居る力強さは簡素の力である。厳粛な表現の撰択から来る正確の力強さである。かうした氏の表現は、氏の作品の随所に見られるが、試みに「好人物の夫婦」の書出しの数行を抜いて見よう。

深い秋の静かな晩だつた。沼の上を雁が啼いて通る。細君は食卓の上の洋燈を端の方に引き寄せて、其の下で針仕事をして居る。良人《をつと》は其傍に長々と仰向けに寝ころんでぼんやりと天井を眺めて居た。二人は長い間黙つて居た。

何と云ふ冴えた表現であらうと、自分は此数行を読む度に感嘆する。普通の作家なれば、数十行乃至数百行を費しても、かうした情景は浮ばないだらう。所謂リアリズムの作家にかうした洗煉された立派な表現があるだらうか、志賀氏のリアリズムが、氏独特のものであると云ふ事は、かうした点からでも云ひ得ると思ふ。氏は、此数行に於て、多くを描いて居ない。而も、此数行に於いて、淋しい湖畔に於ける夫婦者の静寂な生活が、如何にも潑溂として描き出されて居る。何と云ふ簡潔な力強い表現であらう。かうした立派な表現は、氏の作品を探せば何処にでもあるが、もう一つ「城の崎にて」から、例を引いて見よう。

自分は別に蠑螈《ゐもり》を狙はなかつた。狙つても迚も当らない程、狙つて投げる事の下手な自分はそれが当る事などは全く考へなかつた。石はコツといつてから流れに落ちた。石の音と同時に蠑螈《ゐもり》は四寸程横へ跳んだやうに見えた。蠑螈《ゐもり》は尻尾を反らし、高く上げた。自分はどうしたのかしら、と思つて見て居た。最初石が当つたとは思はなかつた。蠑螈《ゐもり》の反らした尾が自然に静かに下りて来た。すると肘を張つたやうにして傾斜に堪へて、前へついてゐた両の前足の指が内へまくれ込むと、蠑螈《ゐもり》は力なく前へのめつて了つた。尾は全く石についた。もう動かない。蠑螈《ゐもり》は死んで了つた。自分は飛んだ事をしたと思つた。虫を殺す事をよくする自分であるが、其気が全くないのに殺して了つたのは自分に妙な嫌な気をさした。殺された蠑螈《ゐもり》と、蠑螈《ゐもり》を殺した心持とが、完璧と云つても偽ではない程本当に表現されて居る。客観と主観とが、少しも混乱しないで、両方とも、何処《ど》迄も本当に表現されて居る。何の文句一つも抜いてはならない。また如何なる文句を加へても蛇足になるやうな完全した表現である。此の表現を見ても分る事だが、志賀氏の物の観照は、如何にも正確で、澄み切つて居ると思ふ。此の澄み切つた観照は志賀氏が真のリアリストである一つの有力な証拠だが、氏は此の観照を如何なる悲しみの時にも、欣びの時にも、必死の場合にも、眩まされはしないやうである。之は誰かゞ云つたやうに記憶するが「和解」の中、和解の場面で、

「えゝ」と自分は首肯《うなづ》いた。それを見ると母は急に起上つて来て自分の手を堅く握り〆めて、泣きながら、

「ありがたう。順吉、ありがたう」と云つて自分の胸の所で幾度か頭を下げた。自分は仕方がなかつたから其頭の上でお辞儀をすると丁度頭を上げた母の束髪へ口をぶつけた。

と、描いてある所など、氏が如何なる場合にも、そのリアリストとしての観照を曇らせない事を充分に語つて居る。

三

志賀氏の観照は飽く迄もリアリスチックであり、その手法も根底に於いてリアリズムである事は、前述した通《とほり》だが、それ夫《それ》ならば全然リアリズムの作家であらうか。自分は決してさうは思はない。普通のリアリストと烈しく相違して居る点は、氏が人生に対する態度であり、氏が人間に対する態度である。普通のリアリストの人生に対する態度、人間に対する態度が冷静で過酷で、無関心であるに反しても、ヒューマニスチックな温味を持つて居る。氏の作品が常に自分に、清純な快さを与へるのは、実に此の温味の為である。氏の表現も観照も飽迄リアリスチックである、がその二つを総括して居る氏の奥底の心は、飽迄ヒューマニスチックである。氏の作品の表面には人道主義など丶云ふものは、おくびにも出て居ない。が、本当に氏の作品を味読する者に取つて、氏の作品の奥深く鼓動する人道主義的な温味を感ぜずには居られないだらう。世の中には、作品の表面には人道主義の合言葉や旗印が、山の如く積まれてありながら、少しく奥を探ると、醜いイゴイズムが蠢動して居るやうな作品も決して少くはない。が、志賀氏は、その創作の上に於て決して愛を説かないが、氏は愛を説かずしてたゞ黙々と愛を描いて居る。自分は志賀氏の作品を読んだ時程、人間の愛すべきことを知つたことはない。

氏の作品がリアリスチックでありながら、而も普通のリアリズムと違つて居る点を説くのには氏の短篇なる「老人」を考へて見るといゝ。

之は、もう七十に近い老人が、老後の淋しさを紛らす為に芸者を受出して妾に置く。芸者は、若い者に受出されるよりも老先の短い七十の老人に受け出される方が、自由になる期が早いと云つたやうな心持で、老人の妾になる。最初の三年の契約が切れても老人はその妾と離れられない。女も情夫があつたが、此老人と約束通《どほり》に別れる事が、残酷のやうに思はれて、一年延ばす事を承諾する。一年が経つ、その中に女は情夫の子を産む。今度は女の方から一年の延期を云ひ出す。そして又一年経つ裡に女は情夫の第二の子を産む。そして今度は老人の方から延期を申出す。そしてその一年の終に老人は病死して妾に少からぬ遺産を残す。そして作品は次のやうな文句で終る。

四月の後、嘗つて老人の坐つた座布団には公然と子供等の父なる若者が坐るやうになつた。其背後の半間の床の間には羽織袴でキチンと座つた老人の四ツ切りの写真が額に入つて立つて居る……。

此の題材は、若し自然派系の作家が扱つたならば、何《ど》んなに皮肉に描き出したゞらう。老人が何んなにいたましく嘲笑されたゞらう。が、志賀氏はかゝる皮肉な題材を描きながら、老人に対しても妾に対しても充分な愛撫を与へて居る。「老人」を読んだ人は老人にも同情し、妾をも尤もだと思ひ、其中の何人にも人間らしい親しみを感ぜずには居られないだらう。情夫の子を、老人の子として、老人の遺産で養つて行かうとする妾にも、我等は何等の不快も感じない。もし、自然派系の作家が扱つたならば、此題材は寧《むし》ろ読者に必ずある不快な人生の一角を示したであらう。が、志賀氏の「老人」の世界は、何処迄も人間的な世界である。そして、我々は老後の淋しさにも、妾の心持にも限《かぎり》なく引付けられるのである。氏の作品の根底に横はるヒューマニスチックな温味は「和解」にも「清兵衛と瓢箪」にも「出来事」にも「大津順吉」などにもある。他の心理を描いた作品にも充分見出されると思ふ。

四

氏の作品が、普通のリアリズムの作品と違つて一種の温かみを有して居る事は、前に述べたが、氏の作品の背景はたゞ夫丈《それだけ》であらうか。自分は、夫丈だとは思はない。氏の作品の頼もしさ力強さは、氏の作品を裏付けて居る志賀直哉氏の道徳ではないかと思ふ。

自分は、耽美主義の作品、或は心理小説、単なるリアリズムの作品にある種の物足らなさを感ずるのは、その作品に道徳性の欠乏して居る為ではないかと思ふ。ある通俗小説を書く人が「通俗小説には道徳が無ければならない」と云つたと云ふ事を耳にしたが、凡ての小説はある種の道徳を要求して居るのではないか。志賀氏の作品の力強さは志賀氏の作品の底に流れて居る氏の道徳の為ではないかと思ふ。

氏の懐いて居る道徳は「人間性《ヒユーマニテイ》の道徳」だと自分は解して居る。が、その内で氏の作品の中で、最も目に着くものは正義に対する愛（Love of justice）ではないかと思ふ。義しさ《たゞ》である。人間的な「義しさ《たゞ》」である。「大津順吉」や「和解」の場合には夫《それ》が最も著しいと思ふ。「和解」は或る意味に於て「義しさ《たゞ》」を愛する事と、子としての愛との恐るべき争闘とその融合である。が、「和解」を除いた他の作品の場合にも、人間的な義しさを愛する心が、随処に現はれて居るやうに思はれる。

が、前に云つた人道主義的な温味があると云ふのも、今云つた「義しさ」に対する愛があると云ふ事も、もつと端的に云へば、志賀氏の作品の背後には、志賀氏の人格があると云つた方が一番よく判るかも知れない。そして作品に在る温味も力強さも、此人格の所産であると云つた方が一番よく判るかも知れないと思ふ。

志賀氏の作品は、大体に於いて、二つに別つ事が出来る。夫《それ》は氏が特種な心理や感覚を扱つた「剃刀」「児を盗む話」「范の犯罪」「正義派」など丶、氏自身の実生活により多く交渉を持つらしい「母の死と新しい母」「憶ひ出した事」「好人物の夫婦」「和解」など丶の二種である。志賀氏の人格的背景は、後者に於いて濃厚である。が前者も、その芸術的価値に於いては決して後者に劣らないと思ふ。氏は、その手法と観照に於ては、今の文壇の如何なるリアリストよりももつと、リアリスチックであり、その本当の心に於いて、今の文壇の如何なる人道主義者よりも、もつと人道主義的であるやうに思はれる。之は少くとも自分の信念である。

五

志賀氏は、実にうまい短篇を書くと思ふ。仏蘭西《フランス》のメリメあたりの短篇、露国のチェホフや独逸《ドイツ》のリルケやウォードなどに劣らない程の短篇を描くと思ふ。之《これ》は決して自分の過賞ではない。自分は鷗外博士の訳した外国の短篇集の「十人十話」などを読んでも、志賀氏のものより拙いものは沢山あるやうに思ふ。日本の文壇は外国の物だと無条件でいゝ物として居るが、そんな馬鹿な話はないと思ふ。志賀氏の短篇などは、充分世界的なレヴェル迄行つて居ると思ふ。志賀氏の作品から受くる位の感銘は、さう横文字の作家からでも容易には得られないやうに自分は思ふ。志賀氏の短篇の中でも、「老人」は原稿紙なら七八枚のものらしいが、実にいゝ。説明ばかりだが実にいゝ（説明はダメ、飽く迄描写で行かねばならぬなど、云ふ人は一度是非読む必要がある）。「出来事」もいゝ。何でもない事を、描いて居るのだがいゝ。「清兵衛と瓢簞」もいゝと思ふ。

志賀氏の作品の中では「赤西蠣太」とか「正義派」などが少し落ちはしないかと思ふ。

色々まだ云ひたい事があるが、此処で止めて置かう。兎も角、自分の同時代の人として志賀氏が居ると云ふ事は、如何にも頼もしく且つ欣ばしい事だと自分は思ふ。最後に一寸云つて置くが、自分は此文章を、志賀氏の作品に対する敬愛の意を表する為にのみ書いたのである。

（大正七年十一月「文章世界」）

浪漫主義の本質

江口渙氏が、純粋な浪漫主義を要求して以来、浪漫主義に関する論議が多くの批評家に依りて、幾度も繰り返された。が、自分は、何《ど》の論議を見ても、浪漫主義其物の本質に対する攻究なり、考察なりに可なりの物足りなさを感じた。浪漫主義の本質を適確に掴まずして、浪漫主義に対して云々することは甚だしく無意義だと思ふ。一体浪漫主義とは何であらう、文学史的な意義などは問題でない。浪漫主義の本質其物は何であらう。

スコット・ゼームスは、其著「ロマンスと現代主義」の中に、ロマンスと云ふ心持を、説明して「ロマンスとは、人生の目的が、刹那に到達せられるが如き幻覚を懐くことである」と、云つて居る。自分は、ロマンスに対する此の説明を、可なり本質に徹した、名解釈であると思つて居る。浪漫主義とは人生に於て多くの可能を信ずる事だ、云はゞ幻想的な理想主義だ。地上を離れた理想主義だ。現実の上に超越して居る奔放な理想主義だ。人生に就て希望を懐くことだ。人生に於ける色々な善きこと、美しきこと、正しきことの可能を信ずることだ。夫《それ》は虚無的な現実主義者から見れは或は幻覚に近いものかも知れない。が、夫《それ》は、ある意味に於て人生の肯定だ。その肯定の基礎に、多少の幻覚の含まれた人生の肯定だ。

自分は、浪漫主義をかう解釈して居る。従つて自分は、谷崎潤一郎氏や芥川龍之介氏などを一概にロマンチシストとすることを甚《はなはだ》しく軽率だと思ふ。此の両氏が、何故にロマンチシストなのだ。如何にも、谷崎氏の作品の情景なり舞台なり、プロットなりはロマンチックである。が、かうした時に使ふロマンチックと云ふ意味は、伝奇的であるとか、奇趣的であるとか、非現実的であるとか、中世紀的であるとか奔放であるとか言ふ意味で、表面的な本質に触れない意味だと思ふ。若《も》しも、浪漫主義と云ふ意味が、たゞ題材や舞台や、作者の想像などに関して用ゐらるゝならば、今更事新しく浪漫主義などを論する必要は少しもないと思ふ。たゞ題材や、その他作品の外皮的傾向がロマンチックである為に、その作者をロマンチシストであると分類するが如きは、甚だ浅薄な考へ方であると思ふ。その作者の人生に対する態度や、心眼がロマンチックである事に依つてのみ、その作家は初《はじめ》てロマンチシストと銘を打たるべきだと思ふ。谷崎氏の「兄弟」、芥川氏の「偸盗」「鼻」等の題材こそ、舞台こそ、ロマンチックであるが、その作品の根柢を為す作家の観照や心眼の何処がロマンチックなのだらう。「兄弟」の場合に於て、肉親の争闘を赤裸々に描いてあることに於て、ストリンドベルヒの「父」や愛蘭土《アイルランド》の劇作家マアレイの「兄弟」の如く、飽く迄リアリスチックではないか。芥川氏の「鼻」の場合でもさうだ。「鼻」の根本の題目は人生に対する一の幻滅だ。「芋粥」だつてさうだ。「或日の大石内蔵助」の如き、作者のリアリスチックな観照が随処に動いて居るではないか。谷崎氏の他の多くの作品に就ても、その題目は多くは虚無的な享楽的な耽美的な傾向を帯び、人生を肯定するやうな、幻覚的な要素は、甚しく稀薄であるやうに思はれる。

生田清平氏と云ふ人が（多分春月氏と同人だと思ふが）ロマンチック要素を二つに別け、一つをロマンチック・ファンタジイとし、他をロマンチック精神としたやうに思ふ。自分はロマンチック精神こそ、浪漫主義の要素だと思ふ。ロマンチック・ファンタジイの如きは枝葉であつて、問題でない。人生に対し生活に対し、ロマンチック精神の燃えて居る芸術が、ロマンチシズムの芸術だ。自分は、谷崎氏や芥川氏の作品を尊敬し、愛好する事に於て、人後に落ちないつもりであるが、両氏の芸術の基調は決してロマンチックでないと思ふ。たゞ谷崎氏が、美の理想に対する点に於てのみ稍《やゝ》々ロマンチックであるのと、芥川氏にも「奉教人の死」の如き「地獄変」の如きロマンチックな作品が二、三あることはあるが。

芥川氏は孰《ど》ちらかと云へば其の人生観に於ても物の見方に於ても、寧ろ一個のリアリストだ。現実を、只自分の生活を描く作家のみをリアリストと呼び、その作品をリアリズムの作品と呼ぶが如きは、眼光紙背に徹せざる批評家の屢々犯し易い愚だ。歴史小説を描いても、どんな奔放奇抜な題材を扱つても、その作者の心眼がリアリスチックである以上、その作品は立派なリアリズムの作品だ。題材の如何などは末の末だ。現実を描かなければ現実主義の作品でないと云ふ如きは、百姓読み的の批評だ。序《ついで》だから、一言したいが告白の形式で書かなければ、告白文学でないと云ふやうな議論も、やつぱり之《これ》と同じ批評だ。芥川氏の「戯作三昧」の如き、彼の創作的生活の告白でなくして何であらう。たゞ、彼が世の所謂告白小説家よりももつと芸術家である為に、曲亭馬琴を傀儡として、告白の代理をせしめたのに過ぎないと思ふ。自分は、谷崎氏や芥川氏がロマンチシストであるよりも、現代の文壇にはロマンチシストの要素をもつと多量に持つた作家が外にあると思ふ。

夫《それ》は、外でもない白樺派の武者小路氏や、長与善郎氏だ。彼等の人生を肯定し、人生に於て多くの可能を信じ、善きこと、美しきことの完成を信じて夫《それ》に向つて猛進する態度こそ、本当の意味でのロマンチック精神の現れではないか。虚無的なリアリストの眼から見れば、彼等の態度は人生に対して幻覚を懐くことかも知れない。が、人生を肯定し、人生の完成を信じて突進する態度こそ、本当にロマンチックではなからうか。真と善の理想に向つて突進する態度こそ、本当のロマンチシズムではないか。

浪漫主義は題材の問題でない、作品の衣物《きもの》の問題でない、その作品を貫くもつと根本的な精神の問題だと自分は確信して居る。

（大正八年三月「新潮」）

文芸作品の内容的価値

ある作品を読んで、うまい〳〵と思ひながら、心を打たれない。他の作品を読んで、まづい〳〵と思ひながら、心を打たれる。ある作品を読んで、よく描けてゐると思ひながら心を打たれない。他の作品を読んで、ちつとも描けてゐないと思ひながら、心を打たれる。この二つの場合を、誰でも経験してゐると思ふ。文壇有数の名家の作品を読んで、うまいと感心する。が、心は動かない。投書家程度の人の書いたまづい短篇を読んで、つい心を打たれることがある。

こんな場合を、どんなに説明してよいか。芸術的作品としては、前者が勝つてゐること万々であると思ひながら、さて心を動かされるのは、後者であるとしたならば、後者の持つてゐるものは、何であらうか。或る人は、後者には貴い実感が書いてあるからと云ふかも知れない。他の人は、後者には得難い体験が書いてあるからだと云ふかも知れない。が、とにかく後者には、前者の持つてゐない、何かの価値があること丈《だ》けは、首肯するだらうと思ふ。私は、この後者の持つてゐる価値が何であるかに就いて、考へたいのである。

ある人達は、作品には芸術的価値以外のものは、存在しないと云ふかも知れない。私はさうは、思へない。ある作品の中には、芸術など、云ふものとは、別にある価値が存在し得るものだと思ふのである。私は今のところ、（かう云つて来ると、芸術とは何ぞやと云ふことが、考へられなければならぬが、私は今のところ、クローツェやスピンガーンが唱へた、芸術は表現なりと云ふ説を信じてゐる。いろ〳〵考へた末に、芸術表現説が、真実に近いことを信じてゐる。）私は、ある作品の中には芸術的表現などとは、全く別にある価値が、存在するものだと思ふのである。例へば、ロマン・ローランの小説の中にある、一つの挿話、「仏蘭西《フランス》の兵士が戦線で、独逸《ドイツ》の若い、十六七の兵士を刺し殺さうとすると、その少年が手を差し上げて母《ムツテル》！　母！　と、叫んだ」と云ふ話、かうした話は、小説にかゝれると、かゝれないとに拘はらず、人を動かす力を持つてゐる。その力は、既に一の価値だと思ふ。去年の正月だつたと思ふ、時事新報が短篇小説を募集したとき、尾崎士郎君の「獄中より」とか何とか云ふ小品が、当選した。そのとき、選者の里見氏は、「小説として秀れて居るかどうかは分らないが、」と云ふやうなことを云はれたと記憶するが、あの手紙は表現など、云ふことをはなれて、我々の心を打つ力を持つてゐた。

芥川氏の「蜜柑」と云ふ小品がある。私は、あの題材を芥川氏から、口頭で聴いたとき、既にある感動に打たれた。

又、私の「恩讐の彼方に」と云ふ小説、あの筋書は、ちやんと耶馬渓案内記に載つて居るのであるが、案内記を読んでも、既にある感動に打たれるだらうと思ふ。

文芸作品の題材の中には、作家がその芸術的表現の魔杖を触れない裡から、燦として輝く人生の宝石が沢山あると思ふ。

それから、又こんな場合も考へられる。例へば、藤森成吉氏の「旧先生」である。あの作品で、われ〴〵の心を動かすものゝ一つは、「旧先生」の妙趣極りなき性格である。が、「旧先生」の性格は、藤森氏の芸術とは、別個の存在である。あの性格の我々を動かす力は、藤森氏の功績《メリツト》ではない。あの性格そのものに存在してゐる力である。藤森氏が、他のA先生なりB先生なりを、「旧先生」以上に、ヴヰヴヰッドに書いても、我々は旧先生から受ける程の感銘は受けなかつただらうと思ふ。

私はかうした意味から、文芸の作品には芸術的価値以外の価値が、厳存することを信ずるのである。その価値の性質は、何であるか。我々を感動させる力、それにはいろ〳〵あるだらうが、私はそれを仮に内容的価値と云つて置きたいと思ふ。

（これは、便宜的な言葉である。われ〴〵の生活そのものに、ひゞいて来る力として、生活的価値と云つてもよいと思ふし、それを仔細に分つて、道徳的価値、思想的価値と云ふやうに別けてもいゝと思ふ）

又、バアナアド・ショオの作品などは、芸術品として、彼是云はれながらも、われ〴〵の心を打つ点に於て、他の芸術的戯曲を超越すること万々である。

かうした内容的価値の例は、いくら挙げても限《きり》がないが、賀川豊彦氏の「死線を越えて」の場合である。私も文壇人の常として、相当の反感を以て、あの作品を読んで見たが、描けてゐない描けてゐないと思ひながら、涙ぐまずには居られなかつたところが、篇中幾個所となく存在した。

これ丈《だ》け云へば、文芸の作品には、描けてゐると描けてゐないとは、又別に、一の価値が存在してゐることを誰人も首肯するだらう。表現と云ふことを、(内容と表現と云ふことについていろ〳〵議論が起るが、それは表現と云ふ言葉を解釈する深浅に依つて起ることが多い)どんなに深くどんなに神秘に解釈しても、表現とは全く別に、他の価値が存在し得ることを否定することは出来ないと思ふ。

これまでは、誰もあまり文句なく随いて来て呉れるだらうと思ふ。私は一歩進めて云ひたい。この内容的価値が、文芸の作品に於ては、可なり重要であると。かう云ふと、芸術至上主義者、乃至その傾向のある人の反対を買ふことは、分つてゐるが、私はさう主張せずには居られないのである。

芸術は、芸術的価値さへあれば立派な芸術だ。よく描けてゐさへすれば、立派な芸術だ。私は、それに少しも反対しようとは思はない。芸術の能事は、表現に尽きる。「交番の前に、巡査が立番をしてゐる。其処へ通行人が来て道を訊く。」さうしたことでも、それが立派に完全に描けてゐれば、私はそれを芸術としては立派だと云ひたいのである。私は、芸術を説明して、「魂がどうしたの、心がどうしたの」なんて云ふ神秘説は嫌ひである。芸術の本能は、表現である。むろん、表現には魂や心が、どうかするには、違ひないが。

さて、私は前述の意味で、作者が描かんとして居ることを、立派に表現してゐる場合は、それを立派な芸術品とするに躊躇しないのである。さて立派な芸術品なら、それでいゝぢやないかと云ふと、私はそれでよくないと云ふのである。私は、芸術品も、芸術的価値以外に、所謂内容的価値を持つてゐなければならないと云ふのである。その理由を云つて見よう。

文芸作品に接するとき、われ〳〵が求めて居るものは、何かと云ふに決して芸術的感銘丈《だ》けではない。われ〳〵の下す評価は何かと云ふと、決して芸術的評価丈《だ》けではない。われ〳〵は、芸術的評価を下すと共に、道徳的評価を下し、思想的評価を下してゐるのである。「これは、芸術の作品である。たゞ芸術的評価を下せ。」と云つたところで、其処に人生の一角が描かれてゐる以上、それに対して道徳的評価を下さずにはゐられないのである。其処に、無反省な蕩児の生活が描かれてゐる以上、それを非難せずにはゐられないのである。それがどんなに、ヴヰヴヰッドに描かれて居ても、その生活に価値を見出すことは出来ないのである。何等かの思想が描かれてゐる以上、それに対して思想的な批判を下さずにはゐられないのである。戯曲の主人公などが、つまらない思想を、懐抱してゐる以上、その性格描写がどんなにうまくつてもその舞台技巧が、どんなに巧みでも、軽蔑せずにはゐられないのである。

文芸の作品に対して、道徳的評価（一寸ことわつて置くが、道徳的と云つても、コンヴェンショナルな意味で云つてゐるのではない）いや、思想的評価を下してはならないと云ふのは、芸術家の逃口上である。文芸が、人間の大なるいとなみの一である以上、道徳的評価や思想的評価を避くる訳には行かないのである。

芸術的価値を作る丈《だ》けで満足してゐる人、その人を芸術家としては尊敬する。が、そんな人は、自ら好んで象牙の塔に立てこもる人である。芸術的価値、芸術的感銘、それも人生に必要がないとは云はない。それも、人生をよりよくする。わるくするとは云はない。が、それ丈《だ》けを作る丈《だ》けでは、あまりに頼りない。あまりに心細い。武者小路氏が、当代の青年を動かした力は何であらうか。それは、氏の作品の芸術的価値ではない。氏の作品の、道徳的思想的価値ではなからうか。

私は、芸術家を二分したいと思ふ。たゞ芸術的表現を念とする作家と、それ丈《だ》けでは満足し得ない作家との二種類である。むろん、その間に多くの段階があるが。

当代の読者階級が作品に求めてゐるものは、実に生活的価値である。道徳的価値である。倉田百三氏の作品、賀川豊彦氏の作品などの行はれることを見ても、思ひ半ばに過ぎるだらう。が、それを邪道とし、芸術至上主義を振りかざして、安閑として居てもいゝのかしら。凡ての他の物に、幻覚《イリユージヨン》を持つてゐない大人通士にして、猶芸術に対して、初心な神秘説を唱へてゐるものが、頗《すこぶ》る多い。芸術、それ丈《だ》けで、人生に対してそれほど、大切なものかしら。芸術的感銘、それ丈《だ》けで人は、大に満足し得られるかしら。

私は、芸術はもつと、実人生と密接に交渉すべきだと思ふ。絵画彫刻などは、純芸術であるから、交渉の仕方も限られてゐる。（それ丈《だ》け、人生に対する価値が少いと思ふ）幸にして、文芸は題材として、人生を直接に取り扱ひ得るから、どんなにでも人生と交渉し得ると思ふ。それが、画家などに比して文芸の士の特権である。

ロシアの饑饉に於て、人は生きんがために、宗教を忘れてしまつたと云ふ。況《いは》んや、芸術をや。生活に奉仕することに於いて、芸術はその職責をはたすのである。むろん、芸術的感銘を与へることに依つて、生活をよくしないとは云はない。が、それは、稀薄であつて、匂ひの如きものに過ぎない。

私は、芸術が芸術である所以《ゆゑん》は、そこに芸術的表現があるかないかに依つて、定まると思ふ。が、その定まつた芸術が人生に対して、重大な価値があるかどうかは、一にその作品の内容的価値、生活的価値に依つて定まると思ふ。

私の理想の作品と云へば、内容的価値と芸術的価値とを共有した作品である。語を換へて云へば、われ〳〵の芸術的評価に及第するとともに、われ〳〵の内容的評価に及第する作品である。イプセンの近代劇、トルストイの作品が、一代の人心を動かした理由の一は、あの中に在る思想の力である。その芸術丈《だ》けの力でない。芸術のみにかくれて、人生に呼びかけない作家は、象牙の塔にかくれて、銀の笛を吹いてゐるやうなものだ。それは十九世紀頃の芸術家の風俗だが、まだそんな風なポーズを欣んでゐる人が多い。

文芸は経国の大事、私はそんな風に考へたい。生活第一、芸術第二。

（大正十一年七月「新潮」）

短篇の極北

文芸の形式としての短篇小説の発達は、欧洲の文芸界にあつては、十九世紀の中葉以来のことであるが、近年に至つての発達は実に目ざましいと云つてもよい。メリメ、モウパッサン、ポーなど天才的短篇小説家の輩出は、短篇小説に対して、押しも押されもせぬ文芸上の位置を与へてしまつた。近代文芸の寵児は戯曲であつた。が、今や戯曲に代つて、寵児たらんとするものは短篇小説である。

日本文壇に於ける短篇小説の隆盛も、又頗《すこぶ》る目ざましいと云つてもいゝ。小説と云へば、短くとも三十枚以上を要求した時代は過ぎて、今は二十枚でも立派な小説として通用する。十枚十五枚、中には、五六枚の短篇を発表するものさへある。

志賀直哉、芥川龍之介、広津和郎、里見弴氏など皆短篇小説家として秀れて居る。

人間の生活が繁忙になり、藤椅子に倚りて小説を耽読し得るやうな余裕のある人が、段々少くなつた結果は、五日も一週間も読み続けなければならぬやうな長篇は、漸く廃れて、なるべく少時間の間に纏つた感銘の得られる短篇小説が、隆盛の運に向ふのも、必然な勢であるのかも知れない。

兎に角、退屈な二百枚も三百枚もの長篇に依つて、読者の忍耐を不当に要求するよりも、短篇小説の方が、縦令《たとへ》愚作であつても、読者にさうした被害を及ぼさない丈《だけ》でも勝つて居ると思ふ。が、日本の小説も段々短くなつて来たとは云へ、左に訳出する短篇小説には、一寸及びも付かないだらう。蓋し短篇小説の極北であるかも知れない。

独軍《ヴァンダルス》の残したもの

ハアバアト・ライリイ・ホウ

大戦は終つた。彼は独軍の手から取り返した故郷の町へ帰つて来た。彼は街燈のほのぐらい街筋を急ぎ足に通つて居た。一人の女が彼の腕に縋つて、しはがれた声で話しかけた。

「何処へ行くのさ、旦那！　私と一緒に行かない？」

彼は笑つた。

「お生憎様だよ、姐さん！　情婦《いゝひと》の家を探しに行くところだもの」

さう云つて、彼は女の顔を見た。彼等は街燈の傍にさしかゝつて居た。女が「あつ！」と叫んだ。彼は女の肩の所を捕へた。そして街燈の所へ引きずつて行つた。彼の指は女の肉に喰ひ込み、眼は燃えた。
「ジョアンぢやないか」と、彼はうめいた。

題材は、大したものでないが、描写の適確にして、事件の短きながらに、戯曲的に摑みたる、好箇の短篇たるを失はない。

（大正九年一月三日「大阪毎日新聞」）

芸術と天分
——作家凡庸主義

▽芸術——此の場合には特に文芸——に与《かゝ》はるためには、特種の天分が必要であるやうに云はれて居る。気質なり感覚なり感情なりに、特種の天分が無ければ、文芸には与はれないやうに云はれて居る。そして、多くの人達が、天分なくして文芸に与はることの過ちを警告し、またさうした為に起つた凡庸作家の悲哀を語つて居る。然し果して、そんなものだらうか。文芸とは選まれたる少数の人のみが与るべき仕事だらうか。凡庸に生れついて居る人間は、たゞさうした少数者の仕事を指を喰はへて見物し、彼等の作品を有難く拝見して居なければならないものだらうか。自分はさう思ひたくない。またさうあつてはならないものだと思ふ。

▽選まれた少数者のみが、創作の欣びを享受することが出来、取り残されたる多数は、たゞその少数者の作品を、鑑賞すると云ふ事しか、許されて居ないとすれば、芸術が人生に存在して居る有難さの過半は、台無しになつて居ると思ふ。

▽自分は思ふ。芸術的の気質がどんなに乏しい者でも、感覚が鉛の如く鈍重である者でも、感情

が豚の如く痴愚である者でも、どんなに心の貧しい者でも創作に与《かゝ》はつて一向差支へないものだと思ふ。創作の欣びと、鑑賞の欣びとを比べて見れば、陰と日向とのやうなものだ。どんなに天分の貧しい者でも、遠慮して、陰にのみ坐つて居る必要はないと思ふ。
▽どんな天才者の作品を読むよりも、――ゲーテだとか、ダンテだとか、シェイクスピアだとか、近代のいろ〳〵な天才を束にして挙げてもいゝが――自分で一句の発句を作り、一首の歌を詠む方がどんなに楽しいか。どんなに、その作品が、他人からは貧弱であつても、自分自身の物を、一行でも書く方がどんなに楽しいか。
▽自分以外のどんな天才者が作つた広大壮麗な芸苑の中へは入《い》つて行くよりも、自分自身で（他人から見ればどんなに貧しくても）自分自身の芸苑を作る方がどんなに楽しいか。自分は何う考へて見ても、享受するよりも、創造する方が、どれほど欣ばしくやり甲斐のある仕事であるか分らないと思ふ。
▽何人《なんびと》も自分の作品が活字になつた場合、それと同じ誌上にどんなに天才者や、大家や、流行作家の物が載せられて居ようとも、先づ第一に読み始めるものは自分自身の作品ではなからうか。それが一句の俳句であり、歌であつても自分の作つた物の方がどれほど我々の心を躍らすかも分らない。
▽天才なり大家なりの作品を読んで、自分自身を見出すよりも、どんなに貧しくても、自分自身を核心として、自分自身の作品を生み出す方が、どれほどやり甲斐のある事だか分らない。

らうか。

▽が、然し創作をするには、特種な天分が入《い》ると戒しめられてゐる。凡庸に生れついた者は、たゞ享受鑑賞だけで辛抱せよと戒しめられて居る。が、創作には果して特種な天分などが入るだらうか。

▽主観的に創作の欣びを持つためには、特種の天分などの入らないことは、明かだ。天才詩人が、詩を考へて居る時の心持と、凡庸詩人が詩を考へて居る心持とは、その主観的な部分では、さう変つて居るとは思はれない。芭蕉が一句を得た時の欣びと、名もない市井の俳人が、一句を得た時の欣びと、何等の相違があるとは思はれない。況《ま》して、職業的な小説家が創作する欣びなどよりも、無名作家なり文学青年なりが、創作の時に感ずる欣びの方が、どれほど純で大きいか分らないと思ふ。

▽創作の欣びは、どんな貧しい天分の者にでも、享《う》け得られる欣びだと自分は思つて居る。が、然し、さうして主観的に創作の欣びを享くると同時に、客観的にも他人を動かすやうな作品を創《つ》くる事、換言すれば作家として文壇に立つ為には、特種な天分が入るだらうか。自分は、さうするためにも、特種な天分が入用だとは思はない。どんな凡庸な人間でも作家にはなれないことはないと思ふ。

▽天才や、非凡の機智や才華煥発たる才人の作品を珍らしき宝玉のやうに、持てはやす時代は過ぎて居る。少数の天才や才人だけが、創作の権利を壟断《ろうだん》した文芸の貴族政治は、過去の事だ。天才がその非凡な空想を、縦横に描き出すと同時に、凡人がその平凡な、然しながら平凡なる万人

に共通な空想を、コツ〳〵と描くことを許される時代なのだ。
▽変つた感覚や突飛な感情や、数奇な生活などが作品の題材として珍重された時代は過ぎかけて居る。芸術は、平凡人が平凡に観、平凡に生活した記録であつて一向差支へがない。平凡な一般の読者に取つて、一番心を動かすものは、自分と同じく平凡な人間の生活の姿ではあるまいか。
▽さうすれは、小説が誰にでも書けるか書けないかと云ふことが、問題になつて来るが、技巧が偏重された時代には、特種の文才が必要であつたかも知れない。が、今は人間が素直に端的に物を云ふ時代である。正直に端的に素直に云ひ得る者が勝利者である。人生を正しく観、それを正しく表現する位の技能は、普通の人間は少し努力すればいゝ。
▽それかと云つて自分は、凡ての人間に作家たれと云ふのではない。文芸の仕事が、特種の選まれたる少数者の仕事であると云つたやうな謬見を打破したい為である。創作の欣びを享くる事が、凡ての人の特権であり得ることを云ひたいのである。芸術が人類一般に開かれたる仕事であつて、天才だとか才子だとか云ふ者の、占有物でないことを力説したのである。

（大正九年三月「文章世界」）

ある批評の立場

――「芸術は表現なり」との説

▽人が芸術に対する時の心持に、明かに二つの違つた心持がある。一つは、作品の美しさなり力強さなり正しさなりを、享楽しようとする心持、それに動かされてしまふ心持、云ひ換へれば作品に対する受動的な心持である。かうした心持から出発した批評が、印象批評である。セインツベリイが「批評家の第一の資格は、印象を受け得るにあり、受けたる印象を表現宣布するにあり」と、其の印象批評は、女性的な受動的なものであるべき筈である。

▽が、前に述べたやうな心持とは、全く違つて我々の心の裡には、作品に対して、もつと他動的な男性的な心持がある。作品の魅力に溺れないで、その価値を正当に認識し、判断しようと云ふ心持、此の心持から、客観批評が起る。自分の印象を語るのでなくして、何等かの客観的物差に依つて作品を、律しようとする批評である。

▽我々の芸術に対する心持は、此の二つがいろ〳〵に交じつて居る。現時の文壇に於て、公認せられた物差はないのであるから、大抵の批評家は印象批評をやつて居りながら、然も盛んに作品

の価値を律しようとして居る。純真の印象批評は、印象を語るに止つて、客観的価値の存在は、印象批評家自身否定して居るのであるから、価値判断などは慎しむべきであるにも拘はらず、盛んに作品の価値を論じて居る。印象の立場に立ちながら、客観批評の行ふことを行つて居るのである。門徒でありながら、南無妙法蓮華経を称へて居るやうなものだ。

▽実際、誰でも客観的な標準などが芸術に存在しないことは信じて居ながら、然も印象批評には、満足して居ない。印象批評の立場に在る批評家でさへ、印象を語るに止まらずして、作品に客観的の高下を下さんとあせつて居るやうである。それは、我々の心の奥深くに作品に対する客観的の価値を、見出さうとする可なり強い要求がある為ではなからうか。

▽印象批評では満足は出来ない。それかと云つて作品を律すべき何等の芸術的物差はない。日本の文芸批評が、混乱して鵺《ぬえ》的な批評が、流行して居るのも亦無理がないと思ふ。

▽自分が此間読んだ、米国シカゴ大学の教授がかう云ふ批評の立場を主張して居る。それは印象批評でも客観的批評でもない別な新しい批評の立場である。

▽その批評は、「芸術は表現なり」と云ふ命題から出発して居る。此の芸術に対する解釈は、伊大利《イタリー》のベネデッド・クローチェと云ふ美学の大家が云ひ出した主張である。かう云つた主張は昔からあるさうで、マダム・ド・スタールは「芸術はソーシャリティの表現である」と云ひ、「芸術のための芸術」を主張したヴヰクタア・クザンは「表現は芸術の最高の法則なり」と云つたさうである。印象主義の批評家たちは、「芸術は人生の微妙にして、縹渺《へうべう》たる印象の表現なり」

と云つたさうである。

▽独逸《ドイツ》では早くから「芸術は表現なり」と云ふ議論に傾いて居たさうで、ゲーテの如きも「作者が何を書かんと欲したか。そして、何処まで、その計画を達したか」を知ることが批評の要諦だと云つて居る。即ち作者が何を書かうとしたか、そしてそれを何処まで書き切つたかが問題だと云ふのである。即ち、芸術批評の根本は表現の問題だと云ふのである。

▽批評の要諦が、それだとなると、客観的物差なども全く不用である。ある批評が、客観的標準に添つて居るか何うかなどと云ふことは問題でなくなる。甲と云ふ作家が書いて居る作品が、文芸の形式に叶つて居るか何うかなどは、問題でなくなる。作者が書かうと思つて居ることが、書けて居るか何うかが問題になる丈《だけ》である。即ち作者がAならA、BならBを書かうと思つて居る場合、AなりBなりが、よく書けて居るか何うかが問題になるのである。即ちある作品の中で作者が、書かうとした目的が、即ち作品を評価する標準となる訳で、作家から云つても文句のない標準であると思ふ。

▽かうした批評が、本当に正しいか何うかは「芸術は表現なり」と云ふ命題即ち芸術のアルファ、オメガが表現であると云ふ命題を、徹底して考へて見なければ、批判は出来ないが然し実行上では可なり便利な、印象批評や客観批評などよりも、混乱を引き起さない批評の立場である。少くとも、作者が浪花節の積《つもり》で歌つて居ることを「いや、本当の長唄ぢやない」とか作者が一寸したユーモリッシュな小品を書いて居るときに「いや人道主義的分子が少しもない」と云つたやうな、

お門違ひの暴評の害だけは、救へるやうに思ふ。
▽即ち作者が、何を書かうとして居るかを第一に認めて、それによつて作品を律すると云ふことは、作者にも可なり親切なやり方だと思ふ。また作者が書かうとして居ることを、本当に感ずる、即ち創作家同様の想像と感情と頭を持つて居なければ、批評が出来ないことになつて批評家の職分も、今よりは向上することになる訳である。
自分は、芸術の能事は表現に尽きて居るとは、思つて居ないので、「芸術は表現なり」と云ふ命題には可なり大きい疑問を持つて居るけれども、かうした批評の立場は無害であり公平であるので一寸紹介した。
▽この批評に従へば、芸術の形式などは、問題にならなくなつて来る。書かうと思ふことが、書けて居ればそれでいゝわけである。どんなめちやくちやな形式でも、その形式が作者の思ふことをよく伝へて居れば、それでいゝことになるわけだ。武者小路氏の戯曲やら対話やら分らないものも、立派な芸術品で有り得ることが、此批評に依つて肯定せらるゝと思ふ。
（大正九年三月「文章世界」）

第二章●

自分に影響した外国作家

自分に影響した外国作家

自分の学徒生活としての研究の題目は、主として、英国の近代文学であつた。で従つて今日の、劇作家としての自分に影響して何等かの陰影を与へたものはと探ねるならば、やはりそれらは、近代、英国文壇人の中に見出されねばならぬであらう。

勿論自分は、自分の経て来た年代の風潮に伴つて、トルストイを読み、チェホフを読み、ストリンドベルヒを読み、ハウプトマンを読んでは来てゐる。けれども猶ほそれらは、自分にとつて、決してショウ程度に、ワイルド程度に、ゴルスワージー程度にまで親しいものではなかつた。これ或ひは、当時の自分が余りに律儀な学徒であつたに過ぎ、しかも今日の創作生活などを夢想だにせずして、一途に近代英文学の研究にのみ没頭してゐた傾きがあつたに依るものでもあつたであらう。とも角も自分にとつては、それら大陸の諸作家は、今日の自分に著しい影響を与へるべく余りに遠かつた事は事実である。

最も早く自分を囚へ、動かし、青年期の熱情をそれに傾けしめたものは、作家としてはオスカー・ワイルドであり、作品としては就中《なかんづく》彼の「ドリアン・グレーの画像」であつた。自分は今ワイルドの名を言ふに当つて、当時の自分が、あの作中のヘンリー卿の唯美主義的思想に共鳴し、採つて以て自分の主張の如くに主張したことを回想し、禁じ得ざる微笑を私《ひそ》かに口辺に覚える。謂はゞこれも、誰しもが持つ過ぎし日の一挿話ではなかつたであらうか。

しかしこの「ドリアン・グレーの画像」は言ふまでもなく小説である。戯曲と結んだ最初はバアナアド・ショウであつた。第一に「人と超人」である。恐らく当時の自分には、彼の透徹した皮肉の片鱗をさへ解し難かつたに違ひない。殊にかの「地獄に於けるドン・ファアン」のくだりに至つては、到底難解であつたのを記憶する。けれども自分は、以下続いて、当時刊行されてゐたその殆んど全部を読破した。もし自分が、今日の自分に影響した作家をとの問ひに答へるとなれば、その最も多くを読んだといふ点で、彼の名をその一に加へて挙げねばならぬかも知れない。殊に今日の自分の思想的傾向に於て、一脈伝《つたへ》て相通じ、一味彼と相似るものの無きにしも非《あらざ》る点を思へば、或ひは確かに彼の影響が認められもするであらう。思へば当時、高等学校の二年であつた自分は、「ラッフィング・イプセン」と題する感想的小論文を校友会雑誌に寄稿した。「トマス・カーライルをして今日に在らしめ、彼をしてかの『英雄崇拝論』の第五講に筆を起さしめたならば恐らく彼は『英雄・劇作家《（マヽ）》』といふ題目を選んであつたらう」といふ如き冒頭によつて、ショウを挙げ彼を論じて、甚だ感確かに、第一に彼の名を挙げねばならぬであらう。自分の劇作の中、初期に属するものは瞭《あき》らかにその風を認めることが出来る。例へば「海の勇者」などはその一つであらう。けれども自分は、されぱと言つてそれが、決して彼への意識した追随でもなく、又決して彼への故《ことさ》らなる摸倣でもなかつた積りであることは、明らかに言つて置きたい。

愛蘭《アイルランド》劇文学の研究は、寧《むし》ろ当時の文壇に於ける一般的風潮となりかけてゐたものではあつたが、それにしてもその主流をなしてゐたものは、イエーツ、若《も》しくはグレゴリー夫人であつた。その間に在つてシングを説き、イエーツに優るの卓見を示した人は上田敏博士である。自分はその異説に依つて始めてシングの巻を繙《ひもと》いたのであつた。それまでの自分はやはり、イエーツに求め、グレゴリー夫人に探り、ロビンスンに学んで、徒らに空疎な渉猟の濫手を伸してゐただけであつたのであらう。自分はこの点に於ても、上田博士の明に敬服し、それに依る所ことに感謝しなければならぬのを覚える。

イエーツにしろ、グレゴリー夫人にしろ、読む事に於ては感傷的傾倒の文学に満ちた文章であつたことを回想する。けれどもこれは、強《あなが》ち自分のみの事ではなかつたらう。何故ならば当時の文学青年にとつては、ワイルドとショウとは共に、等しく彼等の時代的狂熱の中心を支配してゐた所謂人気作家であつたが故に。

ゴルスワージーも、その頃自分が精読した作家の一人である。これも亦当時刊行されてゐたものの全部は読了してゐたであらう。けれども彼から影響された事は全く無かつたと言つてい丶。何故なら自分の観た処では、彼に推服すべきはその劇作術に於てのみであつたからである。しかも劇作技法の点に至つては、ショウに於てすら自分は何等の影響をも受けなかつた。

よしやその濫読の結果が、隠微の中に彼からの痕跡を認めさすべき点を、自分が持つとしても、それは恐らく、自分と彼との間に何物か共通する処のものあつての為でもあるか、で無くんば、自ら期せざる偶合であると言はう。

何故ならば自分は、その時すでに、かの愛蘭《アイルランド》劇運動の生める鬼才ジョン・ミリントン・シングの名を知り、早くも彼に敬服して彼が非凡の劇作家的才能に深くも学ぶべきものあるを見出したが為であつた。自分は、殊に今日劇作に志《こゝろざし》を立てた自分としては、最も強き影響を自分に与へた先進作家として、可成り精しく、人後に落ちぬまでに自分は読んだ積りであるが、しかしこの二作家とも、殊んど何等の影響すら自分には与へず過ぎてしまつたと言つていい、愛蘭《アイルランド》の生んだ作家では、寧ろこの二人よりも、ダンセニーの方が遥かに自分には近縁であつた。

彼を読んだ事では、自分は日本での最も早き中の一人であつたかも知れぬと思ふ。自分は偶然、一日、京都大学の研究室の書架に彼の著書を二冊発見した。私は先づその見慣れぬ著者の名に好奇の心をそゝられながら、その冒頭に収められていたフランク・ハリスの序文を読み、その激賞して措かざる評文に奇しき感激を覚えつゝ、一読忽ち敬愛の情に馳られずにゐなかつたものは、即ち彼の「山の神々」である。爾来自分は、この新しき、作家ダンセニーの名を、友人間に宣伝大いに努めたものであつたが、これは、後に厨川白村氏が始めて彼を紹介した約二年前であつたと記憶する。何はあれ、自分にとつては、若き日の感情を悦ばした、嬉しき発見の一つではあつた。

ピネロも精読した作家の一人である。彼については曾て小論を草して発表した。ベアリングも亦愛読した一人である。彼の「ドン・ファアンの失敗」に興を覚えて、未定稿に終つたが、「業平卿の失敗」と題する同巧異曲の一幕を企てたことがある。ハンキンには奇縁がある。友人の成瀬が当時珍らしかつた彼の全集二冊物を持つてゐたので、借りて読過した。その外にも大小の諸作家、近代英文壇に名を馳せた作家は多くは、手に入り次第に読み耽つたものであつた。

尤もこれは自分の読書欲からばかりではなく、自分の選んだ卒業論文の題目が、「現代の英国劇」といふのであつたが為でもある。かういふ題目を選んだのも、自分の性情が元来演劇を愛好し、従つて自然と読書がこの方に傾いて居たが為でもあつたであらうが、それにしても当時の自分の野心は、極めて卑小なものであつた。大学二年の折のノートを拡げてみると、その端に「い丶翻訳でも出して、名前を文士家の中に列ねよう」などといふことが、いかにも大きな「決心」のやうに書いてある。

——月々の感想

（大正十五年五月「テアトル」）

シングと愛蘭土思想

欧洲各国の中で、何《ど》の国が一番日本に似て居るかと云へば、自分は躊躇なく夫《それ》愛蘭土《アイルランド》であると答へたい。或人は英国《イングランド》と愛蘭土とを全く同じやうに考へて居る、が、英国と愛蘭土とは人種を異にし、歴史伝統を異にし、其他の凡てを異にした全く違つた別な国である。如何なる場合にも、英文学と愛蘭土文学とは豌豆と真珠のやうに違つたものである。

愛蘭土は凡ての点に於て日本そつくりである。愛蘭土の戯曲に出て来る人物は孰《い》づれも初対面とは思はれぬ程、日本人には馴染みの人達である。愛蘭土の農家には日本の百姓家に於ける如く炉があつて其処には泥炭が赤く燃えて居る。愛蘭土の戯曲に出て来る母親は欧洲の戯曲に見るやうな自我的《イゴチスチック》な母親ではなくて、常に自分以外の人の事のみを心配して居る優しい母親である、兄弟喧嘩も日本そつくりのものである、人間も激し易く悲しみ易く又喜び易い、結婚制度も欧洲の夫《それ》のやうな自由意志に基づくものでなく、日本の夫《それ》のやうに不純な動機からで、随つて結婚から起る悲劇も日本の夫《それ》と甚だよく似て居る。

愛蘭土の生活が何《ど》んなに日本の夫《それ》と似て居るかの証拠として自分は市川左団次が歌舞伎座で演じた「兄弟」の場合を指摘する事が出来る、之は愛蘭土の若き劇作家マレイの作物であるにも拘はらず、少しも翻訳臭味のなかつたものである、河合の公衆劇団の演じた「茶を作る家」も愛蘭土のレノックス・ロビンソンの翻訳であるに拘はらず、少しも外国臭味を持つて居なかつた、夫《それ》と云ふのも愛蘭土劇は其儘に日本の生活にシツクリと適合するからである。

日本の近代劇運動の諸劇団は新しい男優、女優をこそ急造したが、一人も新しい劇作家を産まなかつた。夫に反して愛蘭土の国民劇場は双指に余る文質彬々《ひんく》たる劇作家を出して居るのである、其中で最も天才的で世界的な劇作家はシングである。

愛蘭土文芸復興の三尊と云へば、イエーツ、グレゴリイ夫人、及びシングの三人であるが、其中でイエーツのみが日本へ伝へられ過ぎて居る。イエーツは戯曲家として遥にシング以下であるばかりでなく、イエーツの文学には愛蘭土以外の要素が含まれ過ぎて居る、イエーツの神秘主義《ミスチシズム》の如きもメエテルリンクなどの影響を受けて居て純愛蘭土的ではない。

其処へ行くと、真に愛蘭土の生活を語り真に愛蘭土の思想を語るものは、わがジョン・マイリングトン・シングである。以下シングの戯曲に就て愛蘭土人の思想とシングの思想とを説いて行かうと思ふ。

一体愛蘭土人は古代のブリトンの末裔で所謂ケルト民族である。凡て政治的に衰亡して行く民族は、詩的で愛すべき性格を持ち合せて居るものだが、ケルトもその例に洩れず、実務的で智的でない代りに極度に空想的で情熱的である。従つて欧洲に於ける神話伝説の二分の一はケルトの所産であると云はれて居る。英文学の詩が秀れて居るのも、アングロ・サクソン人種がケルトから色々な美しい要素を借用した為である。

日本人は「物のあはれ」を知る人間である。「月見れば千々に物こそ悲しけれ」の国民である。ケルト人種の血を伝へて居る小泉八雲《ラフカヂオ・ヘルン》先生は日本人の「物のあはれ」を"ahness of things"と訳されたが、欧洲の人種の中で「物のあはれ」を知る国民は唯ケルト人ばかりである。ケルト人は実は涙の霧を通して（through a mist of tears）人生を見ると云はれて居る、（ケルト人の歓喜の歌は挽歌《エレヂイ》として終る）と云はれて居る、が、ケルト人の憂鬱は北欧人の間に見るやうな理智的の陰鬱さとは違つて居る、何処かに微かな明るさが漾つて居る、憂鬱と云つても夫《それ》が気分《ムード》の領域に止まつて居る。

又ケルトが自然を崇拝し、山川草木を神秘的権威者の如く崇拝し、フランシス・グリヤスンの言葉を借りて云へば「自然物の心に分け入り、その外観を解釈し、物体的な形を心霊的な雰囲気に移す事が出来、自然物の形体、陰翳、明暗、感覚及び音響の秘密を解き明す事が出来る」事なども、日本人とは可なり接近した自然観であると云へるのである。

シングの戯曲は僅かに六篇しかない、一幕物としては「海への騎者」「谷の影」、二幕物としては「鋳掛師の結婚」、三幕物として「西方世界の Playboy」（松村みね子訳「いたづらもの」）、「聖者の泉」（坪内博士訳「霊験」）、「悲しみのデアドラ姫」の三つである。

さて茲《こゝ》で述べて置きたいのはシングの芸術観である。換言すれば彼の戯曲観である。一体近代劇と云ふのは何の国でも、道徳偏重の文学であつた、近代劇の作者は人生の道徳的方面丈《だけ》しか考へて居ない人が多かつた。イブセンの戯曲は道徳上の問題を取扱つてある、旧道徳を攻撃したり、新道徳を鼓吹したり、人生の道徳的方面のみを重視してある。英国のバーナアド・ショオなどによると、自分から自分の戯曲を教訓主義だと云つて白状して居る。シングは之に対してこんな事を云つて居る、「戯曲の幼稚時代か衰退時代には、戯曲が極まつて道徳的になつてしまふ。劇場が不快な問題《プロブレムス》で一杯になつてしまふ。戯曲は交響楽《シムホニイ》と同じだ、何事をも教へなければ何事をも証明するものでない、問題沢山の解剖家や、教義沢山の教師達は直ぐ医師ゴーレンの処方箋のやうに古くさくなつてしまふ、イブセンやあの独逸《ドイツ》の戯曲家達を見給へ！　その好適例でないか、夫《それ》に比べるとベン・ジョンソンやモリエールの佳い作は「籬《まがき》に生ふる黒いちごのやうに新鮮である」。之から考へるとシングの芸術観は「文芸至上主義」である、が之はスウヰンバーンやワイルドなどの説へた文芸至上主義《エスセチシズム》とは全く違つて居る、シングの夫《それ》は自然主義の洗礼を充分に受けて居るのである。

シングは彼の戯曲に対する考《かんがへ》を次のやうに表して居る、「舞台には真実がなければならぬ、夫《それ》と同時に歓喜がなければならぬ」。荒寥たる事実丈《だけ》には我々は面を背ける、また虚偽の歓喜丈にも我々は面を背ける。舞台に於ける歓喜真実の必要は日本劇壇に於ても本当であると云つてもよい。

さてシングの戯曲の中では「海への騎者」が一番日本によく知られて居る。その舞台はアラン島《アイランド》と云ふ磽确《かうかく》なる島嶼の海岸である。海が荒い為に漁夫は命がけの仕事をして居る、凡ての住民は死の宣告を受けたやうに悲痛な諦めの生活を送つて居る、「海への騎者」の女主人公の老婦モーリヤは先づ自分の夫《をっと》を海に奪はれ、次いで四人の子供を奪はれ、今はマイケルとバートレイの二人しか残つて居ない、而も此の残りの兄弟も此芝居の幕が開くと共に相続いて海の為に奪はれてしまふのである。が、老婦モーリヤは凡ての息子を失つて了ふと却つて安心したやうに、「もう海に奪られるものは何もなくなつた……人は何時迄生きられると云ふものでなし、あきらめが肝心ぢや」と云ふのである。自分は此戯曲を読んで又も日本を思ひ出す、自分の知つて居る、土佐の海岸にも、之と同じ悲劇が度々繰返されて居る。

愛蘭土人が如何に空想的であるかは、此戯曲にもよく表はれて居る、モーリヤは息子の死を空想して居る時は非常に嘆き悲しむが、息子の死が現実となつて死体が持ち込まれると却つてケロリとして居る。愛蘭土人は凡ての感情が現実の場合よりも想像の場合の方が強いのである。恋人同志が逢つても彼等は決して現在の欣びを語らないで、必ず過去か或は将来の楽しさを空想して胸を躍《をどら》して居るのである。

シングのもう一つの一幕物たる「谷の影」は愛なき結婚から事件が起つて居る。Loveless Match は日本には通例であるが欧洲には殆どない、あるのはやはり愛蘭土丈《だけ》である。ノラと云ふ女はたゞ少しばかりの財産を目当にダン・バークと云ふ年上の男と結婚する、が、その結婚生活には倦怠の外には何も獲られなかつた。従つてノラは何時の間にか情夫をこさへる、ダン・バークは詭計に依つて二人が密会の現場を押へる。ダンは直ちにノラに出て行けと命ずる、すると情夫も一文の財産もなくなつたノラに愛想を尽かしてしまふ。仕方なくノラは居合はせた漂泊者《トラムプ》と一所に漂泊の旅路に出るのである。

イブセンの「人形の家」の女主人公ノラに就いては「ノラは何故に家出をしたか」とか「ノラはその後何《ど》うしたか」など云ふ問題が思想的に論ぜられたが、シングのノラの家出には何も理窟はないのである。此の戯曲はイブセンの「海の夫人」やハンキンの「醒めたる女」に見るやうな自由恋愛の思想ではないのである。ノラの家出の重なる動機は愛蘭土人特有の彷徨癖《ワンデルングルスト》である。愛蘭土の想像的性癖は家郷に止まるよりも見知らぬ異郷を憧れしむるのである。この彷徨癖《ワンデルングルスト》は愛蘭土文学には種々な形で現はれて居る。イエーツの「劇詩デアドラ姫」の中にある旅楽師は「自分には路傍の世界しかない」と云つて居る。“The life of the roads.” は愛蘭土人に取つて非常な魅力を持《もつ》て居るのである。

「聖者の泉」は坪内博士に依つて「霊験」と翻案され、日本に於ても屡々上演されて居る。此戯曲に於ても愛蘭土人の空想性は遺憾なく現はれて居る。此の劇の主人公なる盲夫婦は盲目である為に充分に空想を働かせて、お互に美貌だと思ひ、空飛ぶ鳥の羽音を聞き、萌え初むる草の香を嗅いで世界を非常に美しい物だと思つて居る。所へ一人の聖者が来て「聖者の泉」の水を塗つて彼等の盲目を癒《いや》して呉れる。が、その泉は「聖者の泉」でなくして、「幻滅の泉」であつた、彼等はお互の醜悪なるに先づ驚き、世の中の醜悪なるに再び驚き、好んで再び盲目の世界に復帰するのである。

こんな戯曲などを書けば大抵の者は象徴主義に走つたり、或る種の概念《アイデア》を其中にほのめかさうとするのであるが、シングは飽く迄も「戯曲の為の戯曲」を書いて居る。只人生の戯曲的な一角を正当に把持し正当に表現する事を念とするばかりである。彼は此点に於て清浄無垢な純芸術家である。ベン・ジョンソンやシェクスピアやモリエールなど、同じ道を辿つて居る本物の戯曲家である。

最後にシングの作中第一の傑作と云はれる「西方世界の Playboy（訳し難けれど仮に伊達者とも訳すべし）」の事を一寸書いて置きたい。

近来の欧米の劇壇で、此戯曲ほど評判になつた物は一寸稀である、題材の一部分に親殺しがある、親殺しを崇拝する人々がある。此戯曲の為に愛蘭土劇場の俳優は米国のフィラデルフヰアで拘引された事がある。

クリスティ・メーホンと云ふ若者がその父と争つて之《これ》を鍬で殴り倒す、そして父が死んだと思つて故郷を逃げメヨ海岸へ漂泊して来る。其処で自分の親殺しの話を霊活にロマンチックに話すと忽ち其地方の娘子供の崇拝を得てペギン・マイクと云ふ評判娘の愛をさへ獲てしまふ。親殺しと云ふ悪事も想像の世界では可也《かなり》勇しい事の様に思はれるのである。一体悪人に対する妙な讃美は人間性の何処かに潜んで居る、黙阿弥の芝居などには悪人に対する同情や讃美が沢山見られる。

が、クリスティ・メーホンの親殺しは本当の親殺しではなかつた。彼の父は間もなく蘇生して息子の後を追うてメヨへやつて来るのである。親父が来た為に親殺しの功名がフイになつたメーホンは今度は本当に怒つて恋人の面前で二度目の親殺《おやごろし》をやらうとするのである。が、現実の世界で起る事は愛蘭土人に取つては、何の魅力《ロマンス》をも持つて居ない。メーホンの恋人たりしマイクは云ふ「誰だか分らない人が来て、大それた話を聞かして呉れるのは一の驚異であるが、自分の目の前でドタバタやるのは下らない事だ、ロマンチックな話と醜悪な現実の間には大きな距離がある事が判つた」と云つて居る。之《これ》は想像性に富む愛蘭土人にのみ真理であるばかりでなく、一般の人間性に就いても真理である。

最後にシングのユーモアは鋭い而も快いものであるが、茲では割愛して置かう。

シングの第一の特徴と云へば彼の作物には自然主義《リアリズム》と抒情主義乃至はロマンチシズムが微妙な混合を示して居る事である。近代主義はロマンスを虐殺したが、人類のロマンチックな傾向は人類の亡びる迄は存在するものだ。新しい芸術は自然主義であると共にロマンチックである事を必要としさうだ、シングの芸術もさうだ。

(大正六年十二月「新潮」)

ゴルスワアジイの社会劇

(ゴルスワアジイは、もう五六年前に読んだものである。が、日本の文壇では、此の頃初《はじめ》て、社会劇や社会小説を心から要求する声が起りかけて居るらしいから、ショオやバアカアと並んで、英国の社会改良論者の一人である、此の人の戯曲を、論ずるのも無益ではないと思ふ。自分は、此人の戯曲は"A Bit o'Love."までしか読んで居ない。が、昨年だつたと思ふ「評論之評論」紙上で、愛蘭土《アイルランド》の戯曲家兼批評家たるセント・ジョン・エアヴヰンが、ゴルスワアジイを論じて居るのを瞥見したが、"A Bit o'Love"以後の作は、僅かに一篇しか挙げてないところを見ると、此の数年その方面の研究を少しもしない自分のゴルスワアジイ論も、必ずしも古いと謙遜するには当らないと思ふのである。)

一、ショオ、バアカア、ゴルスワアジイ

英国の近代劇は、ピネロに始まつて居る。が、ピネロはイブセンなどの影響を受けて、近代主義の衣を纒つたものゝ、古い真核は何《ど》うしても抜け切らなかつた。よほど新しい作にさへ、独白はおろか傍白さへ散見する。

バアナアド・ショオは英国の文芸思想界に投ぜられた一個の爆弾であつた。最初の中は、珍しがられ危険がられ、厄介がられた。が、爆弾の性質として、破壊的にのみ攻撃的にのみ働いた。思想界に於ける殻や因襲に突撃したばかりでなく、劇や劇場の規約や囚襲を、めちやくちやに叩き壊した。が、此人の精力は、さうした破壊的な方面にのみ働き過ぎた。凡ての先駆者は大抵さうであるが。

英国の批評家ケネディが、ショオの功績を論じて「今ではショオの思想を誰もが、普通な平凡なものだと思つて居る。が、ショオが自分の思想を普通な平凡なものにしたのは、ショオの偉大なる功績である」と。これは至言と云つてもいゝ。少し皮肉な事だが、宣伝的思想家の仕事は、自分自身を古くさくすることである。換言すれば、自分の思想を平凡化し普通化することに依つて、誰からも忘れられることにある。

が、ショオが英国の思想界に新しい思想と、新しい物の見方と考へ方を教へた功績は、偉大で

ある。彼の戯曲の如きは、彼の思想や見方や考へ方を宣伝する為の道具である。「露骨な真理を云ふと、英吉利《イギリス》の人民達に依つて殺されるかも知れない。機智やユーモアや幻想やパラドックスを交へるのは、之《これ》が為だ」と、ショオ自身放言して居る如く、ショオの戯曲は、彼の思想を包むオブラートである。彼の皮肉なユーモアや鋭き機智は、彼の思想に混ぜられた単舎利別《たんしやりべつ》である。

ショオは戯曲家である前に、先づ思索家であり、社会主義者であり、煽動家であり、宣伝者である。

英国の戯曲家中、最もショオに近いものは、バアカアである。ショオ思想の多量を、受け次いで居る彼の戯曲の到る処に、ショオの哲学を是認して居る。手法も頗《すこぶ》る大胆である。バアカアの作"The Madras House"の如きは、一貫した事件さへない。たゞ人物と会話との混沌たる大渦巻である。

兎に角、英国に於ける戯曲家中、最も正道にして、純真なる戯曲家を求むれば、誰人も先づジョン・ゴルスワアジイに指を屈するだらうと思ふ。

が、ゴルスワアジイの戯曲も、ショオやイブセンやブリユウなどのそれと等しく、問題劇の範疇に入れられなければならない。が、ゴルスワアジイが、ショオやブリユウなどゝ違つて居る点は、彼が問題を取扱ふ前に、先づ一個の戯曲家であると云ふことである。ショオは人生の諸問題をダシに使つて大議論を行《や》るに反し、ゴルスワアジイは、いろ〳〵の問題を純な観点《アンシヤウヌング》の態度で、描き出さうとするのである。

二、ゴルスワアジイの諸問題

彼の戯曲は、"A Bit o'Love"などの一二作を除き、他は悉く社会問題劇である。"Strife"は、階級闘争を。"Justice"と、"The Silver Box"は、法律の不合理性を。"The Pigeon"は、慈善と救貧問題を。"The Mob"は、盲目的な群集心理を。"The Fugitive"は、結婚生活の問題を。然し、さうは云ふものゝ、彼のどの戯曲を読んでも、かうした問題が、葱の匂の如く、直ぐ鼻に附くのではない。たゞ読後感として思ひ浮ぶ丈《だけ》で、ブリュウやショオの如く第一幕目から、否ショオにあつては序文から、問題が目触りになることは決してない。

"Strife"に在りては、双方の主人公の鉄槌と鉄槌とを打ち合はすやうな壮烈な決戦に眩目され、両主人公の争ひが階級闘争の小シムボルであるなどと云ふことは、幕の落ちた後の考察で漸く思ひ当たるのである。

ゴルスワアジイの描く人物は、ショオの劇に見るやうに、問題を解決したり証明したりするための、卓上戦術に使ふ駒のやうな人形ではない。どの人間も、肉と血とから成つて居る正真正銘の人間である。彼はある問題を論ずるために、曲つた――否都合のよいやうに曲げた人生を持ち出すことなどは決してない。彼は、問題のために、否他の如何なる物の為にも、真実を犠牲にしては居ない。吾人は彼の問題に接する前に、先づ真の人生を味ふことを許されるのである。この事が、戯作家としては無くて叶ふまじき大事である。否劇の問題丈《だけ》でなく、小説家としても無くて叶ふまじき大事である。問題を扱ふのもいゝ、社会小説を書くのもいゝ、が、作品は何物である前にも、先づ真の人生が描けて居るか何うかゞ問題である。劇は悲劇的である前に、喜劇的である前に、社会的である前に、問題的である前に、先づ真実であることを要する。どんな光つた思想も、重大な問題も、境遇や人物を犠牲にして述べられたときは、それは戯曲的に表現せられて居るとは云へないのである。

問題を解決する為に、提出する為に、人生に無理な仕掛をしてはならない。ゴルスワアジイは何如なる場合にも、先づ人生に於ける真実性を尊重して居る。此の意味で、彼は立派なるリアリストである。

彼はリアリストとしての手法を以て、問題を提供する丈《だけ》で、ショオやブリュウのやうに、抗議したり議論したりしないのである。彼は、実人生を如実に描いて、その裡に含まれて居る「問題」を「教訓」を示すに止まつて居るのである。彼は、何者である前に、先づ芸術家である。彼の「教訓」も「問題」も、鼓動する人生に実在して居る姿そのまゝで、舞台に表現されて居るのである。

三、作劇に於ける彼の態度

自分は彼の作品を詳説する前に、先づ彼の作劇に於ける態度を一瞥しよう。彼は、彼の論文集“The Inn of Tranquility”に於て、劇作に於ける三つの方法を述べて居る。

第一は、

「公衆の前に、公衆がそれに依つて生活し且つ信じつゝある人生観や道徳を明確に示すこと」

第二は、

「公衆の前に、作家自身がそれに依つて生活し且つ信じつゝある人生観と道徳とを明《あきらか》に示すこと」

第一の態度は、公衆の喝采を浴びる最も安全な方法である。芝居者の歩む道である。日本の座付作者などは悉く然りである。

第二の方法は、所謂思想劇問題劇の作らるゝ態度である。ショオの歩む道である。ある点に於てイブセンの歩んだ道である。

第一の態度は、社会に現存する道徳を擁護して、公衆に安価な慰安を与へる戯曲を作くることである。第二は、現存の道徳を震蕩して公衆に不安の感を与へる態度である。

ゴルスワアジイが実行し力説したる態度は、第三の態度である。曰く、

「公衆の前に型には入《い》つた乾いた道徳規範を示すのではなくして、選択され統一された然しながら戯曲家の意見に依つてねぢ曲げられない人生と性格との現象を示すこと。而もそれを恐怖や好意や偏見を少しも交へずしてなすこと。そして其の中から公衆をして自然の儘なる教訓（或は貧弱であるかも知れない）を味はしめること」

茲《ここ》に劇作家としてのゴルスワアジイの態度が、明かに現はれて居ると思ふ。而も、最後の一句は、彼がリアリストでありながら、而もハウプトマンなどの徹底自然主義者とは、又幾らか違つて居ることを示して居ると思ふ。

一体、道徳的規範は年が経てば古びてしまふ。当時は、それがどんなに新しく見えても。従つて道徳上の凡ての諸問題も亦年が経《た》てば古びてしまふ。ショオが叫んだ問題も、イブセンが戦つた問題も時が経《た》てば古くさくなつてしまふ。

愛蘭土《アイルランド》の天才作家シングは曰く、

「戯曲は交響楽の如く、教ふるものに非ず、証明するものに非ず。多くの問題を持つて居る分析家達、多くの議論を持てる教訓家達よ、彼等は忽ちにして医師ゴーレンの処方箋の如く古びん――殷鑑不遠《とほからず》イブセンを見よ独逸の戯曲家達を見よ。たゞベン・ジョンソンの佳品、モリエールの傑作の如きは、古びざること常に籬《まがき》に生ふる黒いちごの如からん」と。

ゴルスワアジイが、「問題」を描く前に先づ実人生を描かんとしたことは、此人が戯曲家として秀れたる所以《ゆゑん》である。

"Strife" にて先づ吾人の目を射るものは、資本家アンソニイの資本擁護論でもなく、ロバーツの労働擁護論でもなく、実に「資本と労働との争ひ」の厳粛なる事実である。

ゴルスワアジイの作品は、自分の読んだ限《かぎり》では、千九百六年の "The Silver Box" に始まつて、千九百十五年の "A Bit o'Love" に至る十篇である。

其の中 "Joy" "The Little Dream" 及び彼の転機を示すものだと自分の考へる "A Bit o'Love" を除いては、同じ傾向に属して居る、社会主義的戯曲である。"The Fugitive" だけが、稍《やゝ》違つて居るのである。

四、「銀の小箱《ザ・シルヴア・ボックス》」と「法律《ジヤスチス》」

……人に依つて適用を二三にする「法律」……法律の無情なる劃一性……"Smug respectabilty" に対する非難……

「銀の小箱」は、ゴルスワアジイの出世作である。劇作家としての彼の未来を保証したものである。コート劇場《シアタア》の同輩作家を優に凌駕し去つたものである。「銀の小箱」の主人公なる浮浪労働者のジョンズと、金持紳士の長男たるジャック・バースウヰックとは、人格も同じ位である。

そして、劇中同じ位の犯罪をして居る。然るに前者は、浮浪労働者であるが故に、牢獄へ投ぜられ、他は紳士の長子であるが故に、依然として道楽を続けて行くのである。

社会の所謂正義なるものが、人に依つて適用を異にすることを描いたものである。道楽息子のジャックも、酔中悪戯《いたずら》半分に曖昧女の財布を奪ひ取る。それを労働者のジョンズが、酔中悪戯半分に横取りするのである。が、後者は忽ちに法の制裁を蒙り、前者は弁護士の力や、裁判官が位置身分に対する庇護のために、うまく掩《おほ》ひかくされてしまふ。無智な豪味な労働者のジョンズが、最後に裁判官と道楽息子のジャックとを罵つて、

「何だ！ これが法律かい？ 彼奴は何《ど》うなるんだ！ 彼奴も酒に酔つぱらつて、彼奴も財布を盗んだ！ 財布を盗んで置きながら、金で無罪になりやがつたんだ！ これが法律かい！」

と、喝破するとき、英国ばかりでなく、日本に於ける法の運用に対して、一個の鋭い痛罵であり得ると思はれるのである。

此劇にも、英国の多くの近代劇に於ける如く、小綺麗な因襲に生きて居る紳士階級に対する痛烈な罵倒がある。それは、道楽息子ジャックの父なるジョン・バースウヰックに対する痛罵である。これは、ショオやハンキンやバアカアなど、凡ての英国の社会劇作家からこづき廻はされるman of principles である。「小綺麗なる体面」を何よりも重んずる人である。その人の生活の規範は、道徳的意識などゝは少しも関係のない干乾びた死物である。彼は道徳などは、何うでもいゝ、体面さへ保てればいゝのである。ジョン・バースウヰックは、自分の道楽息子を、平生は

「社会の害物」など、罵倒しながら、息子の罪跡が発覚しさうになると手段を選まず、掩ひかくさうとするのである。たゞ大事なのは、自分の体面、一家の名誉である。かうした人間は、英国の芝居にはザラにある。同じゴルスワアジイの「長男」にも出て来る。スタンレイ・ホウトンの「新時代の人々」にも出て来る。ハンキンの「蕩児の帰宅」の父親や兄もさうである。が、これは英国の事ではない。日本の貴族階級資産階級の人々の、生活規範も、真の道徳的意識とは少しも関係のない御都合主義、体面主義、事勿れ主義を一歩も出て居ない。たゞ日本に、偉い社会劇作家が居ない為に、かうした道徳的麻痺が充分に剔抉《てきけつ》されて居ない丈《だけ》である。

ゴルスワアジイは、此の劇を下層社会の道徳が、その実質に於て、決して上流社会のそれに劣つて居ないことを示して居る。

ジョンズは怠け者の浮浪労働者ではあるけれども、自分の罪の嫌疑が、妻にかゝり妻が冤罪の為拉致されんとするや、敢然として、自分が盗つたと自白して居る。然るに一方道楽息子のジャックは、ジョンズを自邸に導き入れたのは、彼自身が誘つたのであるに拘はらず、法廷でそのことを否認して居る。ゴルスワアジイは好んで、対照を描くことを好む人だが、これも上流社会の道徳意識と下層社会のそれとを対照的に扱つたものである。

「銀の小箱」は、ハウプトマンの「獺の皮《デル・ビーバー・ペルツ》」の影響を受けて居ることは、評者の一致して居るところである。が、処女作としては、周到なる性格描写の点から云つても、可なり傑作である。たゞ、ところ〴〵まだ芝居臭の匂がないでもない。彼の後年の作品に比べると、尚不純である。

同じく法律の問題を取り扱つた戯曲に、その名を冠した“Justice”がある。之れは法律の無情なる劃一性を描いたものである。法律その物に、人間的洞察がないために、個性や感情や犯罪の動機が千差万別なる人間を、等しなみに犯罪人型として取り扱ひ、何等人情的理解を与へないために、遂には之を破滅せしめなければ止まないことを描いたものである。

フォルダアと云ふ弱い性格の男は、自分の愛して居る女が非常な虐待を受くるを聞いて、それを救はんがための一時の激情に駆られて、九磅《ポンド》の小切手を九十磅《ポンド》に偽造する。が、さうした一時の心得違《ちがひ》が永久に彼を破滅してしまふのである。厳格なる主人は、直ちに之を訴へる。彼は三年の懲役を了へて出獄することはするが、法の無慈悲なる干渉のために、遂に自殺してしまふのである。

フォルダアの弁護士は、彼のために叫んで曰く、

「彼が罪を犯したときは、彼が自分の行為に対して、それが何の目的の為だつたか責任を持てない時だつた。心理的にも道徳的にも上の空になつて居る瞬間だつたのだ。烈しい感情の激動、それは一時的の狂気と云つてもいゝ位な激動のために無我夢中になつて居たのだ。……我々は可なり開けた文明に住んで居る。肉体的暴虐と云ふことは、我々がその事件に少しも関係がない場合でも、我々を不思議に激動させる。まして自分の愛して居る女が、それを受くるのを聞いたときには果して何んなであらう。

彼の犯罪は、僅かに一瞬間の仕事である。その後のことは、心臓の一撃に死の続く如く、甕《かめ》を逆まにすれば水の落ちる如く、続いたに過ぎない。然し、一度此の小切手が変造されて提供されると——それは四分間の仕事、狂せる四分間の仕事だ——が後はたゞ沈黙である。が、此の四分間に判官の面前に立てる此青年は、僅かに開かれたる扉の中に滑り込んだ——一度は入《い》つた人間は中々に放さない、大なる檻の中へ滑り込んだ——それは法の檻である。……判官よ、斯くの如き青年が日に幾人となく現在の法律の制度の下で、滅ぼされつゝあるか、それは法律に人間的洞察がないためである。即ち彼等を在るが儘に見る、即ち犯罪人としてではなく病人として見る洞察がない為である。

若し、被告が有罪となり、犯罪人型として取扱はれたならば、今までの経験の示す如く、十中九分九厘まで、一個の犯罪人型となつてしまふのである。法律は一個の無情の機械である。誰かゞ一指を触れて、之れに機《はづ》みを付けると、それは転々し去つてまた止まらないのである。」

が、弁護士の主張も何の効果もなく、フォルダアは有罪の判決を受けてしまふのである。
此の劇の第三幕は、三場とも監獄の場である。フォルダアは、悶々のあまり獣の如くなつて居

る。殊に、第三場フォルダアが独房で輾転する黙劇的光景は、少し惨酷な位である。が、監獄医はフォルダアを診察して、

「生理上の事実から論ずるのが、私の立場です。実際何も此の男に変つたところはありません。体重が減つて居る訳でなく、眼光に異常がある訳でなく、脈搏は至極順当です。談話にも故障がありません」

と。然もフォルダアは、狂せんとして居るのである、監獄医に人間的洞察の欠けたこと、法律そのものと同じである。

此の戯曲も、日本の法律制度、裁判の実際に対して、直ぐその儘適用し得るやうに思ふ。日本の裁判官に、所謂人間的洞察がない為に、どれほど憐むべき同情すべき罪人が、社会的に亡ぼされて居るか、分らないと思ふ。

然し“Justice”は、作品として見るとき、決して、愉快な作品ではない。戯曲上に於ける自然主義の病弊を可なり現はして居ると思ふ。殊に、牢獄の場の如き、残酷すぎるやうである。此の劇が初て上演されたときの、初日見物の一人は「怖しさで見物を戦《をのゝ》かしめた」と云つて居る。ゴルスワアジイのリアリズムが、如何に成功して居るかを語つて居ると思ふ。

が、此の劇が余り愉快でないのは、劇その物の本質に欠陥がある為ではないかと思ふ。

「銀の小箱」では、主人公のジョンズは無智である。弱者である。然し、社会に対しては負けては居ないのである。裁判官に喰つてかゝるのである。法の不公正を喝破するのである。蟷螂《たうらう》の

斧ではあるが、負けては居ないのである。観客は野性的な弱い然しながら、正当な反抗に快感を感じ得るのである。が、"Justice"の場合は、フォルダアが手を拱ねいて、法律の鉄車に踏み砕かれるのを見る丈《だけ》である。一方が絶対に強いのに対して、一方は又馬鹿に弱いのである。その間に、何の争闘もないのである。たゞ、法律なるもの丶無情冷厳な大威力を見せられる丈《だけ》である。"No struggle, no drama"と云ふ格言を引き合に出すまでもなく、何等二つの力の格闘のなき芝居は、大体に於て秀れた戯曲ではないやうに思はれるのである。

五、争闘(Strife)

……「織工」と「争闘」……労働か資本か……作家の公平なる態度……皮肉なる結末……性格描写の大事……

ゴルスワアジイの傑作は、何と云つても"Strife"であらう。ハウプトマンの「織工」と並んで社会劇中の双絶であると云つても、讃美ではないだらう。「銀の小箱」が、「獺の皮」の影響を受けて居る如く、"Strife"が、「織工」の影響を受けて居ることも亦争はれないところである。が、「織工」に於ては、群衆が主人公であるに反し、"Strife"に於ては、資本家アンソニイと労働首領ロバーツが、群衆を背景として活躍して居るのである。"Strife"の事件の核心を成すものは、実に此二人の極端家の鉄の如き性格と性格との個人的決闘と云つてもよいのである。二人とも、イブセンのブランドの如く「全か然らざれば無」を信条とする男であつて、対手を絶対に征服することを念として戦つて居るのである。観客は、此の二人の剛情な性格の格闘に限りなき緊張を感ずるのである。

然し、人生の調和は常に妥協に存する。資本家の代表と労働者の首領とが、互に徹底を望んで戦つて居る背後で、両方の党派は既に握手を済ませて居る。労働者側と資本家側とは、いゝ加減に妥協して、銘々その首領たるアンソニイとロバーツとを、除け物にして居るのである。アンソニイとロバーツとが銘々味方から裏切られて、苦笑しながら、立ち向つて居る光景は、最も哀感的な皮肉な光景である。

ロバーツ。（アンソニイに）然し、君丈《だけ》はあの条件に調印はすまい！　社長たる君の調印がなければ無効だ！　アンソニイ君！　まさか、君まで調印したとは云ふまいね。そんな事は決してすまいね。僕は君を頼りにして居たのだ……。

……………

ロバーツ。ぢや、君は此の会社の社長ぢやなくなつたんだねえ！（狂せる如く笑ふ）アハ、、、。君は、背負投げを喰つたんだねえ。社長を投げたんだねえ。アハ、、、。（急にピタリと静になつて）奴等は君と私と二人に背負投げを喰はしたのだ、アンソニイ君！

アンソニイ。　お互に敗軍の将さ、ロバーツ君！
（二人は、お互に相手を尊敬して頭を下げる）

アンソニイもロバーツも、同じやうな性格である故に、互に理解し易いのである。ゴルスワアジイは、労働階級にも、資本階級にも孰れにも公正な態度を取つて居る、只労働と資本との争闘を如実に描く丈《だけ》である。芸術家の態度としては常にかうなければならない。若《も》しも、作家がその孰れかに味方をすれば、それは芸術と云ふよりも、一の宣伝であり、主張である。作者はアンソニイの子エドガアをして、労働階級を悲惨ならしむる罪は、資本家に在ることを切言せしめて居る。然し、アンソニイは、自分一家の利益のためでなく、資本階級全体のために戦つて居る。その態度たるや、又少しも悪怯《わるび》れたところはないのである。また、一方ロバーツを労働階級全体のために戦ふ慈眼鉄腸の士としてのみは、描いて居ない。ロバーツの理想的態度の中にも、不純な物のあるのをほのめかして居るのである。

ショオは“The Philanderer”にドクトル・パラモアの理想主義を非難して居る。ドクトル・パラモアは、新しき病気を発見して、人が之に罹つて居るのを見て、喜んで居る。後に、その発見が誤謬で、そんな病気の実在しないことを知ると失望する。彼は人類が苦しんでもいゝ、病気が実在する方がいゝのである。

ロバーツの態度にも、かうした態度があるのである。彼は、敵手の絶対的征服を遂ぐる為には、味方がどんなに苦しんでもいゝのである。彼がアンソニイに「僕は君を頼《たより》にして居た」と云ふ中には、人々の為よりも、戦ひのために戦ひを欲した傾向が、歴然と見えるのである。彼は背後の味方を忘れて、敵の絶対的征服を追うて居るのである。彼が、裏切られた悲哀はドクトル・パラモアの悲哀に似て居る。その上彼の動機の中には、階級的憎悪や権勢欲が含まれて居るのである。

自然主義の作品は、大抵皮肉的に了る。「織工」の結末が、ストライキに加はらず、たゞ一人機《はた》を去らなかつた老織工の惨死に了つて居る様に、“Strife”の結末も亦、この争闘が全く無駄骨であつたことを示して居る。仲裁を試みようとした労働組合のハアネスと会社側のテンチと云ふ男との会話で幕が了る。

ハアネス。　女が一人死に、立派な人間が二人埋もれてしまつた。

テンチ。　一寸御覧なさい。此の妥協条件はストライキが始まる前に、君と私とで双方へ提出した条件と全く同じぢやないですか。一体此の大騒ぎは、何の為だつたのだらう。

ロバーツ、アンソニイの勇戦も、ロバーツの妻の死も、凡てが無駄骨であつたのである。吾人が、読んで、問題劇的の堅くるしさや、ギゴチなさを感ぜずして、人生に対する如き緊張を感ずるのは、その性格が飽くまで、真実で吾人の幻覚を傷けない為である。若し、ロバーツが、ショオ式社会主義者のやうな口吻を一語でも洩したならば、吾人の幻覚は雲散して、作者が階級闘争の芝居を作るための傀儡だと云ふことに直ぐ気が付くだらう。ゴルスワアジイの人物は、如何なる場合にも血と肉とを持つて居る。

アンソニイもロバーツも、労働のため資本のために論ずるが、その思想が彼の性格とピツタリと合致しまたその境遇に適合して居る故に、何の不調和も感じないのである。

凡そ、戯曲の中に含まるゝ思想は、凡て性格を通じて、性格と調和して、性格を害する事なしに、述べられなければならない。若し性格と矛盾するやうな、之を害するやうな思想が、一句でも交じると、吾人の幻覚は忽ちにして破れてしまふのである。性格に対する「真実幻覚」は悉くその言葉にかゝつて居る。偽の一言は、調和しない一言は、全体の幻覚を一挙にして亡してしまふのである。"Strife" が、問題劇的の臭味を少しも感ぜしめないのは、実にその性格描写の巧妙なる為であると思ふ。

六、長男

……「賠償としての結婚」……

此の戯曲は、英国特有の慣習に対する非難を、目的とした戯曲で、我々日本人には稍々《やゝ》風馬牛の題目である。「賠償としての結婚」の問題である。即ち傷けられた女性の名誉は、正当な結婚に依つて償はれると云ふのは、英国の社会的慣習の一つであるが、女性の立場から云へば、男の犠牲になつたと云ふ理由丈《だけ》で結婚を強ひられることは、可なり不合理である。かうした思想は“Measure for Measure”の中にもあり、ワイルドの“A Woman of No Importance”にも同じ境遇があり、ハンキンの「家庭で始まりし慈善」の中にもある。ハンキンの場合には、ソームスと云ふ悪漢が可憐な少女を誘惑すると、女主人はその男の不徳を責めながら、而もその娘に、その不徳な男と結婚するやうに強ひて居る。熊が小児の片足を喰つたから、一層のこと、その全身をも喰はせてしまへと云ふほど、残酷に見える。之《これ》は、女性の名誉を、その真の自由や幸福よりも尊重しようとする妄想の現はれであつて、近代劇の各作者が社会的慣習の一つとして攻撃するのも当然なことである。

サー・ウヰリヤム・チエシヤイアなる田舎の豪士は、下男のダンニングが、村の娘と関係せるを知つて、その名誉を償ふため結婚を強要し、之を拒めば解雇すべしと云つて居る。丁度「銀の小箱」のジョン・バースウヰックの如く所謂道徳規範を振り廻すが、一度自分の息子が、小間使フレッダと関係せるを知るや、その道徳規範を棚に置いて、二人の結婚に反対するのである。同一の事件でありながら、態度を二つにするのである。息子のビルなるものも、オチヨコチヨイでフレッダを弄んで置きながら、直ぐ飽いて居るのである。たゞ上部丈《うはべだけ》の結婚の申出をする丈《だけ》である。フレッダは、父の吐き出す如き嫌悪と、その子の義理一片の結婚申出の間に立つて、遂に結婚を拒むのである。フレッダの父のスチウデンハムも、「慈善結婚」は御免だと云ふのである。

サア・ウヰリヤムは、「銀の小箱」のジョン・バースウヰックと同じく、体面万能主義である。道徳規範を振り廻しながら、本当の道徳的良心は少しも持つて居ないのである。

フレッヅダが結婚を拒むのはホウトンの"Hindle Wakes"のファニイが、結婚を拒むやうな深い自覚からではない。ファニイは女子丈《だけ》が男子以上に貞操を守らなければならぬと云ふ慣習に反抗して、「男子が雲雀《ひばり》の如く、戯れに情事を行ひ得る如く、女子も雲雀の如く戯れ得る権利あり」と主張し、償ひとしての結婚を拒否するが、フレッヅダはさうした女ではなく、慎ましい少女として、愛のない心から求めない人との結婚を拒否するのである。

此の戯曲でも、紳士階級に比して、下層階級が人間的に道徳的に少しも劣つて居ないことを描いて居る。殊に、フレッヅダの父が、サア・ウヰリヤムに対して、

「私は、お前さんに二十五年と云ふもの、使はれて来ました。が、此の問題は、人と人との問題です、……私の娘は、どんな男に添はしても恥しくない女です。あなたの息子さんなどに馬鹿にされて、堪るものですか」と、毅然として、主人と争ふ老人スチウデンハムの姿はヒロイックで悲壮である。

七、群衆

……群衆の没分暁《わからずや》と卑怯……霊のかけらをさへ持たざる群衆……二番草の皮肉

ゴルスワアジイは、その、戯曲“The Mob”に於て、群衆なるもの、没分暁《わからずや》と卑怯と害毒とを、極力描いて居る。彼は、群衆を批判せしめて曰く、

「人間は単純な動物である。そして、群衆とは単純な人間のエッセンスを蒐めたやうなものだ」と。

“The Mob”の主人公たるステフン・モアは、一個の理想主義者である。人道的理想主義者である。之《これ》と相格闘するものは、所謂群衆である。

英国には、南阿戦争を思はせるやうな戦争が起りかけて居る。異種族の小国との戦が起りかけて居る。英国は、帝国主義的な侵略的な戦を起しかけて居る。それに対して、ステフン・モアは人道主義的立場から極力反対するのである。

「自分は全精神を以て、か丶る幻想的迷信即ちわが帝国の統治が、斯くの如き民族、我々とは皮膚の色に於て、宗教に於て、その他凡ての根本的の点に於て、相違せる国民を幸福にすると云ふやうな迷信を打破するのである」

かうした迷信妄想は、独り英国丈《だけ》ではないのである。兎に角、ステフン・モア、妻、妻の父、伯父、友人など凡ての周囲の人々の忠言を捨て丶議会に於て、非戦論を説き、諸所に演説を試みて非戦主義を主張するのである。最後に、群衆の襲撃に会して、命を落すのである。

劇中最も劇的なる光景は、選挙区民有志が、モアを訪問して、非戦主義の撤回を迫るが、モアの熱誠に動かされて将に、その要求を撤回せんとする折しも、街上を過ぎる Scotch Highlandersの喨々たる奏楽の音が聞えて来ると、選挙区民有志は愛国的感情の高調に打たれ"Give us your word to hold peace"と、モアに迫まる。モアも亦、その勇ましき進軍の靴音を聞いて、愛国的感情が初て心胸に湧き、"I give you――"と、応じかけるが街上の群衆が"Give the beggars hell, boys!"と叫ぶのを聞いて、再び人道的感情が昂調し"By Heaven! No!"と拒絶し去るところであらう。

最後の情景に於て、モアが群衆に迫まられた時、彼は群衆なるものを痛快に罵倒して居る。

「群衆よ。貴様達は、世の中で一番下等な物だ。貴様達が、街を歩けば、神が姿を隠すのだ。貴様達は少しの頭脳も持つて居ない。霊魂に至つては、かけらさへ持つて居ない。貴様達を醜穢《しうわい》な物と呼ばなければ、世界に醜穢なものはない。愛国心――さうだ愛国心には二通《ふたとほり》ある、戦場に在る軍人の愛国心と、我輩の如き者の持つ愛国心とだ。貴様達は両方とも持つて居ない。」

然し、ゴルスワアジイは、必ずしもステフン・モアの態度を讃美して居る訳ではない。最後の幕が閉ぢて又上るとAftermathなるものが附けてある。それは現代を去る幾十年か幾百年か、経つた後のロンドン街上の一角である。朝の光が、街上を照すとそこに一個の銅像が立つて居る。銘に曰く、

ステフン・モアの記念の為に建てらる。「飽くまで彼の理想に忠実なりし」

これが、作者の皮肉であることは明かである。“Strife”の終りでstrifeの無駄骨折であつたことを笑つた如く、この鋼像もモアの主張を讃美したものと見做すのは、余《あまり》に単純である。モアも亦、自己満足を追ふに急にして人間的な省察を怠つた人である。理想を追ふに急にして周囲の感情を無視した人である。彼のロバーツと一味相通じた人である。そして、モアの努力も、ロバーツのそれの如く無駄に了つたのである。

此の戯曲辺から、ゴルスワアジイには、今迄なかつた感情味が、加はつて居る。前に上げた情景の如き、やゝセンチメンタルである。その外、オリーヴと云ふ八歳になる女児を出して、日本の旧劇に於ける児役のそれの如き台辞《せりふ》を云はせて居る。初期の作に見えるやうな厳格な陰鬱なリアリズムが、やゝ緩んで来たやうに思はれるのである。

八、好人物

……「好人物」と「野鴨」……作家の自己批判……理論家の失敗……社会制度の矛盾……

“The Pigeon”はいろ〳〵な意味で、イブセンの「野鴨」を思はせる作である。「野鴨」が道徳的理想主義者に対する諷刺の如き意味があり、かつイブセン自身の仕事に対する「自己批判」であるやうに、“The Pigeon”も慈善問題に於ける議論家専門家に対する皮肉であると共に、ゴルスワアジイ自身の作品に対する一の註釈であると見てもいゝのである。

　ゴルスワアジイは、凡ての事象をたゞ観照の態度で、描いて行くので、「何うすればよい」とか「かうしなければならない」などは、彼に於て相関知しない所である。従つて、彼の社会劇は凡て無解決に終つて居る。彼は社会生活上のディレンマ若《も》しくは道徳上のディレンマを好んで書く。“Strife”に於ては「労働か資本か」を書き、「長男」にては「道徳か体面か」を書いたが、彼はそれに就いての何の解決を下して居ないのである。が、批評家は彼の作に接する毎に、「それなら何うすればよいか」と、云ふことを問題にしたのである。“The Pigeon”は、かゝる批評家に対する一つの抗議である。“The Pigeon”に於ては、「何を為すべきか」を考へて居る理論家達は、馬鹿にされ、たゞ理解丈《だけ》を持つた昔風の仏心を持つたウェルウヰンが、兎も角も何かを成し遂げて居るのである。お人好しと云ふ有難くもない綽名《あだな》を付けられながら、彼は一個人としての人間的な親切に依つて、何かを成し遂げて居るのである。ウェルウヰンは、文句なしに慈善が好きなのである。人間が好きなのである。慈善問題などは、一言も説かないで、たゞ本能的に慈善をして居るのである。

　クリスマス前夜に、この好人物の画家の家に、三人の浮浪者が尋ねて来る。ウェルウヰンは往来で困窮者に逢ふと、誰にでも名刺を与《や》つて尋ねて来いと云ふのである（その癖自分自身も貧乏だが）。この三人は、老人チムソン、フェランド、女浮浪者ミイガンの三人である。フェランドは、浮浪哲学者と云つたやうな男である。三人はお茶の饗応になつて、少しく暖くなると、フェランドとミイガンとは巫山戯《ふざけ》始めるのである。至極呑気である。実際同情すべきは与へられて居る此三人であるか、与へつゝあるウェルウヰンであるか、分らなくなる。作者は、下層社会の人間は傍でヤキモキして心配するほど、不幸ではないことを示して居るやうにも思はれる。

此の浮浪哲学者のフェランドは、人間に対する理解の足りない慈善機関を罵つて曰く、

「奴等は、私を養育院へ入れました。私は其処で臥《ね》て居る間に、係員達の顔色をうかゞつたのですがね、奴等の考へて居ることは、お天道様よりもハツキリと分りますよ。此の厄介者め、早く死ねばいゝと思つて居るのです、その癖死なうとすれば止めるでせうが」

又曰く、

「養育院などゝ云ふ場所には、たつた一つ些細なものだが欠けて居ますよ。それは人間の心に対する理解です。（ウェルウヰンに対して）が、貴方《あなた》丈は、本当に私達を理解して呉れるのです。貴方と一緒に居ると何だか茲《こゝ》が暖いのです（胸を抑へる）……」

フェランドは、劇中に出て来る慈善研究家のホクストンとコルウェイとを罵つて曰く、彼は我々の衣食住の問題には触れるかも知れないが、霊には触れない、と云ふのである。コルウェイは、浮浪者に対する愛撫主義を、ホクストンは高圧主義を説へ、両々自説を持して下らず、激論の末曰く、

ホクストン。　君は社会主義的な救済々々と云ふことを、口癖のやうに云ひながら、その癖

個人々々の場合を忘れて居る。

コルウェイ。君こそ、「弱者は踏み潰せ」と云ひながら、個人々々のことを見て居ない。

二人は、議論に熱中した余り、階段に蹲まつて居た老浮浪者チムソンにつまづいて、転倒するのである。フェランド之を見て嘲つて曰く、

「本当だ！　あの人達は個人々々に気が付かなかつたのだ」と。

之は、単なる理論家が社会問題に対して、何等実益のないことを痛快に諷刺したものである。少しでも、実益のあるのは、文句は少しも云はないウェルウォキン丈《だけ》である。

此の劇には、現代社会の矛盾を嗤つた所が可なり多い。女浮浪者のミイガンが、身投げをしようとして人事不省になると、巡査は、

「死ぬとい丶のですよ、此女の親友でもさう望む外はないでせう」と、云ひながら、蘇生すると、自殺を計つたことに就いて、彼女を交番へ連れて行かうとするのである。

フェランド之を見て曰く、

「何と云ふ馬鹿々々しい矛盾だ。世界の人間は誰一人あの女が生きて居る事を望んで居ない。それだのに、皆の望み通りの所へ行かうとすると却つて糺弾される」と。

此のフェランドは、や丶ショオ劇の主人公の面影がないでもない。が、決してショオの人物のやうに、のべつに喋べつたり哲学化したりはしないのである。

此の劇にもゴルスワアジイは、社会的ディレンマの一つを書いて居ると思ふ。フェランドは、「若し君達が我々貧窮者が嫌なれば、君達の財布と門口とを絶対に閉ざすがいゝ。さうすれば、我々も早く片付いていゝわけだ」と、社会は之《これ》に対して何と答ふべきであるか。それは社会に取つて一のディレンマであると思ふ。"The Pigeon"には、ゴルスワアジイとしては、珍らしくユーモアのある作品である。此作あたりから、ゴルスワアジイは、その作品にある変化を起して居るやうに思はれるのである。その翌年の"The Fugitive"は、"The Silver Box"以来の社会劇とは、稍《やゝ》違つて、結婚生活から題材を採つたものである。

九、逃走者

……"The tragedy of what one is"……「逃走者」と「ノラ」「マグダ」……「ノラ」の行くべき道の一つ……

「逃走者」は、「ノラ」や「マグダ」と同じやうに結婚生活の悲劇を書いたものである。が、女性の解放だとか自覚と云つたやうな問題劇的なものでなくもつと微妙な平凡なそれにも拘はらず深い根底から起つた結婚生活の乖離《くわいり》を描いて居る。

ハンキンの「蕩児の帰宅」の主人公ユースチスは、

"The real tragedy is what one is"と云つて居る。

「逃走者」の女主人公クレヤアと夫デッドモンドの不和も性格上からの不和である。この不和は平凡であるが恐ろしい。ノラのやうな場合は、極めて稀有であるが、性格上の不和は古今幾組も〳〵あるであらうと思ふ。クレヤアは夫に家出の理由を訊かれて、

"I see no reason, except that you are you and I am I"

と、即ち孰《ど》ちらが悪いと云ふ訳ではない。たゞ二人一所に居るのが悪いのである。

思想の相違、感情の噛み合ひは、宥和する期もあらう、性格の不和に至つては、致命的である。クレヤアは、ピネロの女主人公たるポーラやゾーや、エプスミス夫人の如き放埒なる女ではない。一個の貴婦人である。が、彼女が感情が洗煉され、感受性が豊かで、趣味が高いに拘はらず、夫のデッドモンドは几帳面な散文的な実生活の人間である。クレヤアが、夕暮の美しいウェストミンスタアの寺院を眺めて感懐に耽つて居ると、夫は、

「あ、、ウエストミンスタア！　時計台が見える！　お前あの時計で今幾時か、分るかい」と、打ち壊して、しまふのである。

男の場合は、感情や趣味の伴侶を、妻以外に見出すのは、容易である。が、女はさうは行かない。クレヤアのやうに、その方面の伴侶を、マリゼと云ふ画家に求めると、それが女一人に男二人の所謂「三角関係」になつてしまふのである。女性の精神生活が進歩し、夫婦の生活が、性的生活以外にだん〳〵精神的に拡大されるに従つて、かうした悲劇、即ち"you are you and I am I"

の悲劇は益々多くなつて行くだらうと思ふ。

もう、一つ、此戯曲で扱はれて居る問題は女の独立は、その貞操の維持は経済的独立がなければ不可能だと云ふことである。クレヤアは夫の家を出て、販売女となり、次いでは画家のマリゼに保護を受くる代りに、身を委かすのである。

到頭最後に、吾人は何の飾《かざり》も付けないクレヤアの姿を、ダアビイ競馬の日に、とあるホテルの食堂で見出すのである。ウォレン夫人の辿つた道を、彼女は余儀なく辿らうとして居るのである。女としては最後の手段である。然し彼女の名誉心は、毒楽の杯の方を撰ばしめる。ダアビイの日の騒がしい食堂の一角で、賑やかな酒興のさゞめきを背景としてのクレヤアの死は、可なり哀感的な光景である。

「ノラは何処に行くか」と云ふ事は、可なり問題になつたことがある。が、クレヤアの辿つた道は、ノラの行くべき道の一つであらう。「人形の家」や「故郷」では、女主人公の家出が、クライマックスになつて居る。「逃走者」では、家出は第一幕である。これは、クライマックスから始まる芝居の一例として挙げることも出来るのである。

“Joy”と“The Little Dream”と千九百十五年の“A Bit o'Love”に就いても、一言したいが、之等は厳格な意味で、社会劇とは云ひがたいから、他日項を改めて書かうと思ふ。たゞ、“A Bit o'Love”に於て、今まで峻厳なリアリストであつたゴルスワアジイが、明かなる転向を示して居ることである。彼の初期の作品には、常に陰鬱なる暗さが付き纏ひ、生の欣びと云つたものは、見出しがたく、たゞ人生の骨格にのみ触れるやうに、人をして戦慄せしめるやうなものがあるが、"A Bit o'Love" に於て、作者の人生観が代り、自然主義的な作者の心持の中に、人道主義的な分子が、歴々《ありありく》と加つて来たやうに思はれるのである。

十、ゴルスワアジイの手法

……根底に横はる英人的功利主義……性格尊重……人間性が描けて居るか居ないかゞ永久の問題……歓喜のない戯曲……ゴルスワアジイの会話……

ゴルスワアジイの手法は、自然主義である。が、此作者をハウプトマンや、「夜の宿」をかいたゴルキイなどゝ、同類の人であるとは、云はないのである。

一体、自然主義は英国人の気質とは何《ど》うしても一致しないのである。如何なる英国の戯曲家も、純然たる自然主義作家は居ないのである。

ゴルスワアジイは、光景を描くに当つては、自然主義作家の本領を発揮して居るが、事象を、事象その物の為にのみは描いて居ないのである。彼は、人生を如実に描きながら、然も観客にあるものを見せようとして居るのである。「夜の宿」や「日の出前」はたゞ人生の惨憺たる場面を見せる為であるが、「銀の小箱」や "Strife" には、ある教訓が潜んで居るのである。各々の光景は如何にも自然主義的でありながら、全体には、チヤンとある傾向が加つて居るのである。ある目的があるのである。英国人に特有な功利的な態度は、かうした作家にも、やつぱり免れ得ないやうである。教訓が、ショオの場合の如く、決して露骨ではない。劇の真実幻覚を破却するほど露骨ではない。が、作家の動機には、それがあるのである。

それから、ゴルスワアジイの作品は、性格を中心としたものと、社会事象を中心としたものとの二つがある。"Strife"は、ロバーツやアンソニイの芝居ではなくして、「労働と資本との間の永遠なる争闘」の芝居である。「法律」の如きも決して、主人公フォルダアの芝居ではないのである。

ゴルスワアジイは「人間と云ふものが戯曲のプロットとして最も秀れたものだ」と云つて居るが、性格を中心とした性格悲劇と云ふべきものは、「逃走者」と"A Bit o'Love"の二であつて「銀の小箱」や"The Eldest Son"の如きは社会的事象の方が中心である。社会的事象にのみ重点を置く戯曲は、社会制度の進化改造と同時に亡び易い。たゞ人間性を描いた作品のみが、永久に伝はる。従つてゴルスワアジイの戯曲も、社会的慣習に反抗しその為に苦しんで居る人間性の姿が、どれ丈《だけ》本当に摑めて居るか、何うかゞ終局の問題になるだらう。その意味で凡ての性格に真実味を与へ実人生を摑むことに成功したゴルスワアジイの作品は、相当価値のあるものだと、自分は信じて居る。

シングは、「プレイボイ」の序文で、

「舞台の上では、真実がなければならない。それと同時に欣喜がなければならない。それがない為に理智的な近代劇が衰へたのだ」と。

さう云へば、ゴルスワアジイの“Strife”や“Justice”には何の欣喜もない。真実のみであつて、少しの欣びもない。希望もない。冬の夜に石の廻廊を辿る如く、冷たさと堅さと暗さとが、ともすれば我々を戦《をのゝ》かしめるのである。

シングは、あさましい穢い愛蘭《アイルランド》の農民や鋳掛師やトラムプのことを描いて居るが、而もその暗い生活の何処かに欣びを見出さずには置かないのである。「谷の影」にてノラを誘ひ出すトラムプは、

「さあ、出かけよう。おかみさん。雨は降つて居る。が、陽気は暖い。明日は素晴らしい朝らしいぜ」

と云つて居る。漂浪の旅に出る彼等にも「漂浪の欣び」はあるのである。俄仕立《にはかじたて》の恋人ペギンを失うて、メイヨを追はれるプレイボイも、

「おらあ茲《こゝ》に居る皆に礼を云ふぜ。お前達が俺を一人前の男にして呉れた。之《これ》から死ぬまで、おらあしたい放題やつゝけるんだ」と、云つて居る。「聖者の泉」の盲夫婦の空想生活にも、生活の欣びはあるのである。

ゴルスワアジイに至つては遂に何の欣びもなかつた。“The Pigeon”や“Joy”にも、さうした

物はない。象徴的アレゴリイと云ふべき"The Little Dream"にもない。たゞ"A Bit o'Love"には、それがある。主人公の牧師ストラングウェイが妻に捨てられ、村人に迫害され将に縊死せんとするとき（もし初期のゴルスワアジイであれば、縊死してしまふであらうが）無邪気な少女の近づくを見て死を思ひ止まり、月光の裡に流れ落つる白鳩の羽の一片を手に取りて、月の送つた「愛のきれはし」として感激する光景は、ゴルスワアジイの戯曲中、最も美しいものであると同時に、生の欣びのきれはしが、初て彼の作品中に現はれたものだと思ふのである。

プロットよりも、人格を重視すること、即ち性格描写に第一の注意を払ふことは、近代劇の特徴であるが、ゴルスワアジイは、「性格に注意せよ。然らば事件や会話は、それ自身自ら注意するだらう」と云つて居る。一体"Strife"や"Justice"は、その題目だけを描くには、型でも事は足りるのであるが、ゴルスワアジイは、凡ての人物にちやんと性格を与へて居るのである。ゴルスワアジイほど、いろ〳〵の性格を描き分けた作家は、他に多く類がないだらうと思ふ。

ゴルスワアジイの公平無私は、既に多くの批評家の指摘するところとなつて居る。アセニアムの演芸批評家は曾て「ゴルスワアジイ氏は、公平その物だ」と云つたことがある。が、彼は公平正確に観照すると共に、また公平正確に観照して居ると観客に感ぜしめようとする所があつて、その為に彼の公平はやゝ自覚的になつて居ると云はれて居るのである。公平も、それがあまりに自覚的になつた場合には、却つて人生の真を写すことを害しはしないかと、思はれないでもない。凡そ戯曲の会話には、三つの種類がある。第一は、ハンキンや、シングや、日本で武者小路氏の如くスタイルのある会話である。第二は、ゴルスワアジイやバアカアやハウプトマンに見る如く自然的な、ライフライクな会話である。第三は、即ちサルドーやピネロに見るやうな人工的な綺麗な外出用の会話である。(日本の現代の戯曲家の会話なんか大抵之《これ》だ)

まだ書きたい事が沢山あるが、他日を期して一先づ筆を擱く。

——三月十四日——

(大正九年四月「早稲田文學」)

ダンセニイ戯曲集の序

ダンセニイの「山の神々」を読んだとき、それは自分に取つて、一つの驚異であつた。同じ愛蘭《アイルランド》の劇作家たるシングは、劇作に志《こゝろざ》すものに、人を駭《ショック》するものを書けと云つた。その意味で「山の神々」ほど、人を駭《ショック》する戯曲はあるまいと思ふ。批評家のフランク・ハリスが、倫敦《ロンドン》に於ける「山の神々」の上演を見て、「二十年来余はかゝる芝居を見しことなし」と激賞したのも、過言ではあるまいと思ふ。それに付けても、かゝる荒唐無稽の構想を駆使して、而も舞台の上に神秘的な畏怖《オウ》を醸し出す、ダンセニイの天才的手腕を認めざるを得ないのである。過日、商科大学の英語部が「山の神々」を試演したときも、学生達の未熟なる演出と不完全なる扮装、舞台装置とにも拘らず、七人の青色の神々が七人の乞食達を化石せしむる最後の幕切は、観者に一種の凄味を感ぜしめずには置かなかつたさうである。

ダンセニイの作品の面白さは、その構想の天馬空を行くが如く奔放自在であることである。「光の門」が開かれゝば、たゞ漠々たる虚空の懸れるが如き、柔順猫の如き女王が、突如としてナイルの水を切つて、数人の王を溺らせるが如き、王位を恢復したるアルギメネス王が、尚《なほ》死狗の骨を喰はんと欲するが如き奔放自在、しかも剃刀の如き皮肉を包める構想は、此の作者の独擅《どくせん》場《ぢやう》であつて、豊富なる詩人的空想の所産であらう。

ダンセニイの劇作家として、秀れたる点は、恐らく劇的瞬間を掴むことの巧みさであらう。神々に化けて、得意になつて居る乞食の前に、本当の神々が足音を轟かせて、登場する光景は、皮肉なしかも、何といふ感動的《スリリング》な光景であらう。食卓に就て居る敵なる王者達を見下しながら、女王が、水を切れと黒奴に命ずる刹那の如き、何と云ふ緊張した劇的な瞬間であらう。

ダンセニイのもう一つの特色は、その清麗な表現である。何等不純な冗弁を交へざる表現である。簡明にして光沢ある文章は、聖書のスタイルを模したものだと云はれて居る。

近代劇の多くが、問題劇思想劇に堕し、芸術以外、多くの雑音を交へて居るに比し、愛蘭《アイルランド》劇作家の二三の人のみは、純粋に芸術的である。ダンセニイの如きは、問題とか思想とか生活相とかを離れて、たゞ珊瑚の鞭を手にして、思ふまゝに天馬《ペガサス》を駆つて居る。

而も、ダンセニイの神秘主義が、メエテルリンクやイエーツなどと違つて居る点は、その中に宿つて居る一種の微妙《サツツル》なる皮肉である。彼の神秘主義には少しのセンチメンタリズムもない。ダンセニイの神は、異教的な神である。絶大な力を持ちながら、常に人類の微弱さを嘲笑して居る神である。

たゞ僅かに遺憾なことは如何なる作家も陥り易いやうに、「山の神々」や「旅宿の一夜」「神々の笑」などが、そのテーマの上に於て、やゝ類似して居ることである。

訳者松村みね子さんは、日本の文壇で自分の尊敬し得る少数の翻訳者の一人である。そして自分と同じく愛蘭《アイルランド》文学の愛好者である。従つて、その翻訳は、愛蘭《アイルランド》文学に対する愛から生れた良心的な仕事である。松村さんは、シングの「プレイボーイ」を訳される時に、絶大の苦心をせられたことを自分は知つて居る。恐らく、ダンセニイを訳せらるゝに就ても、それと同程度の苦心をせられただらうと思ふ。一言一句の末までも、信頼して読むことが出来る様に思ふ。

自分の序文を求められるためにも、数回わざ〳〵自分を訪ねて下さつた。それに酬いるためにも、もつと精しくダンセニイを紹介したいと思つて居たが、自分の怠惰のためにかうした間に合せの序文を書いたことを、著者及び読者諸子に御詫びをして置く。

（大正十年十一月）

バアナアド・ショオ

英国の近代劇作家で、一番大きく光つてゐるものは、云ふまでもなく、バアナアド・ショオ(Bernard Shaw)だ。他の劇作家を評論した本が、まことに寥々たるに反して、ショオの思想や作品を論じたものは、本国の英吉利《イギリス》ばかりでなく、独逸《ドイツ》や佛蘭西《フランス》にも出てゐるから、実に数限りもないのである。これは評論ではないが、最近の欧洲劇団で嘖々の名を馳せてゐる伊太利《イタリー》のピランデルロ(「六人の登場人物」の作者)なども、ショオの影響を受けてゐるのだ。こんなことを言ひ出したらいくら紙数があつても足りないし、ショオの作品には随分邦訳されたものもあつて、かなり日本でも有名だから、出来るだけ略述に止めたいと思ふ。それでもかなり長くなるかも知れない。

ショオは一八五六年に愛蘭《アイルランド》のダブリンで生れた。家が貧困であつたために、早くからある事務所の小使を勤めてゐたが、生れながらの音楽と政治に対する彼の興味が、遂に、彼を駆つて倫敦《ロンドン》に赴かしめた。母からの僅かばかりの仕送りと原稿稼ぎをやつてゐるうちに、一八八〇年から一八八三年の間に四篇の小説を書き上げたが、どれもいはば失敗であつた。が、この間に彼はヰリアム・モリスとかシドニイ・ウェッブとか、ウヰリアム・アアチャアとか云ふ、社会改造家や芸術評論家に知己を得た。一八九〇年頃から「土曜評論」に劇評の筆を執るに至つて、その警抜な批評眼は文壇の認めるところとなつた。一八九二年に処女戯曲「貧民長屋」(Windower's Houses)を発表するや、彼は一躍して劇壇に重きをなした。

が、こゝで一寸注意して置きたいのは、彼が思想家乃至社会改造家として偉大なのか、又は劇作家として偉大であるのか、この点が甚だ曖昧であることだ。少くともショオ自身としてはたゞありのまゝの人生を描き、性格を創造すると云ふ、沙翁《シエイクスピア》の言葉を借りれば「自然に掲げた鏡」と云ふ純粋の芸術家の立場に満足せずして、自分の社会観人生観を多分にその作品に現はしてゐる。彼は社会主義の宣伝機関たるフェビアン協会の一員として、社会改造家を以て自ら任じてゐる。即ちショオの眼から見れば、劇作と云ふ仕事は、講演や著作と同じやうに、自分の思想を宣伝する一つの道具にすぎないのだ。只劇が講演なんかと異るところは、その効果《きゝめ》がずつと直接である点で、空疎な議論や鹿爪らしいお説教と違つて、知らぬ間に聴衆を誘惑して、自分の意見に張り込むのに、極めて都合がよいことだ。少くともショオは自分でさう思つてゐる。

かう云ふ態度が、劇作家として正しいものであるかどうか、これは無論意見の別れるところだが、幸ひにもショオは生れながらの劇作家である。凡庸な劇作家が懸命になつてありのまゝの人生を描いたものよりも、ズツと本当の芝居になり切つてゐる。いくらショオの作劇の態度を悪く非難する人たちでも、その出来上つた作品を見れば、おのづと頭を下げずにはゐられない。この点が普通の傾向劇の作家と、聊《いさゝ》か選を異にするところだ。

思想家としてのショオは――それを先づ論ずるが――しばしば「偶像破壊者」と呼ばれてゐる。庭に美しい花を咲かさうと思へば、先づそこに蔓つてゐる雑草を刈りとらねばならない。それと共に新らしい生活革新の理想を、この地上に樹立せんとするものは、先づ囚はれない理智の眼を以て古き理想を解剖し、この世に害悪を流すものは容赦なく破壊せねばならない。社会改造の情熱に燃ゆる人の眼中には、因習も教権も伝統も何等の価値もないものに見える。

ヴィクトオリア時代は、因循と姑息の時代であつた。レスペクタビリティ（お行儀のよいことお上品なこと）ばかりが尊ばれて、臭い物には蓋をして置くと云ふ御都合主義の世の中であつた。だから芝居に現はれて来る女なども、何れもお上品な美しい「薔薇のやうな」(rosente) お姫様ばかりであつた。こんな女ばかりを眺めてゐた前時代の人々が始めてショオの戯曲を読んで、その中に現はれて来る並外れのお転婆を見たときに、どんなに驚いたことかは今日ではとても想像の出来ぬことだ。たとへば、彼の処女作「貧民長屋」の中に出て来るブラアンシュと云ふ娘などは、少し御機嫌が悪くなると、下女の喉首を締め上げたり、髪の毛をひつゝかんだり、甚だしきに至つては、下女の髪を切り取つて丸坊主にしてしまふほどの剣幕だ。貧之人を見ても優しくいたはるなどのことはなくて、「あんな豚のやうに汚らはしい酔ひどれの行儀のない人間は大嫌ひよ」と広言するほど恐ろしい女だ。こんな大変な女を舞台に現はしたのは、何と云つてもショオが元祖だ。

恋愛の問題に就いても、ショオの女は特例を開いてゐる。昔風の女なら、男から結婚を申込まれても、たゞモジ〳〵して、顔を赧らめる位のものだが、ショオの「人と超人」(Man snd Superman) に現はれるアンと云ふ娘は、自分に言ひ寄つて来る詩人肌のオクティヴヰアスを嫌つて、あらうことか自分の後見人たるタアナと云ふ男を追駈け廻し、タアナはこれを免れるために自動車に乗つて大陸の方へ逃げ出すと云ふ大騒ぎだ。「貧乏長屋」のブラアンシュでも、「どうですかね」(You Never Can Tell) のグロオリアでも、同じやうに男を追駈けまはす。

また「恋をあさる人」(The Philanderer) の中に出る女は、何れも女権拡張を綱領とする「イブセン倶楽部」の会員で、その倶楽部に入らんとする女は「女らしからざる」ことが必要な資格のうちに数へられてゐる。中でも殊に急進党のシルヴヰアと云ふ女は、父が危篤だと聞いても涙一滴流さない。

「ウォレン夫人の職業」(Mrs. Warren's Profession) の中のヴヰヴヰイと云ふ娘は数学家である。彼女は剣橋《ケンブリッヂ》の数学の名誉試験《トライポス》を受けて第三等の商品を得るが、それは自分の才を誇るためでもなく、また道楽でも虚栄でもなく、たゞ賞金の五百円が欲しいので懸命に勉強したと云ふ女だ。彼女は普通のお嬢さん達のやうに、甘い感傷主義やロマンチックな空想は、芥子粒ほども持つてゐない。彼女の眼から眺めると、この世の中は凡て銭金づくで二二が四で割り切れるのだ。世の中をありのまゝに見て、現実を逃避しないこの大勇猛心があつてこそ、始めて女性は男性と同じく、生存競争裡に立つことが出来るのだ。

ショオの女性観が特異なものであるやうに、彼の英雄観だつて、まるで凡人の考へとは異つてゐる。ショオはいくら昔から尊敬されてゐる英雄に対しても、最初から降参してかゝるやうなことはない。一応は彼等の弱点や欠陥を探つて見る。こゝにも「偶像破壊者」としてのショオの面目が現はれてゐる。ショオの考へに従へば、戦争なんて云ふものも、世人の考へるやうな決して美しいものでも勇ましいものでもなく、それは商売の駈引と同じやうに、要するに理性と論理と計算との問題だ。やはり二二が四で形の付く問題だ。「軍人礼讃」(Arms and the Man) の中の輝く眼と美しい口髭を持つたサアヂウスと云ふ少佐は、自から騎兵の一団を率ゐて、砲兵陣地に吶喊して大勝を博するが、それは敵の砲兵が生憎大砲玉を持合はせてゐなかつたからであつた。もしも敵に弾薬があつたら、味方の方が全滅する筈であつた。金鵄勲章に値ひするやうな勇ましいこの戦功も、裏を割つて見ればこんな馬鹿々々しい話なんだ。だからこれを逆に云へば戦争と云ふものは、結局人数の多い軍備の整つた方が勝つのである。戦術と云つても何も難かしいものではなく、敵が弱いと見れば吶喊し、強いと見れば退却すると云ふことだ。まことに何の変哲もない呆気ない話なのだ。

(昭和三年三月「世界文學月報」)

シェークスピアの本体

一

昨年の十月頃であつたか、英国のブックマン誌が文壇知名の士に書を寄せて、其の人達が当然読むべくして、まだ読んでゐない本の名を問ひ合せた事があつた。その結果は、モオリス・ベアリングが「亜剌比亜《アラビア》物語」を読んでゐなかつたり、喜劇作家のピネロが「ドン・キホオテ」を読んでゐなかつたり、小説家のオルダス・ハックスレイが「ヴィカア物語」を読んでゐなかつたり、色々案外な結果が見出された。もしも我国の新聞か雑誌かが、かういつた企てを試みたなら、興味の深い事と信じるが、まだシェークスピアを一冊も読んでゐないといふ人が、かなり多数に上るのではないかと思ふ。昨年頃から我国にも、シェークスピア復興の声が叫ばれ、その作品の邦訳に移されるもの一二に止まらず、最後に中央公論社から、既に定評ある坪内博士の全集が、新装を凝らして出版される事は、我国の文芸界にとつて慶賀すべき事である。只憂ふべき事は、嘗ての円本がさうであつた如く、購買者は多数に上つても、これを読破する者は、案外少数ではないかと思ふ。従来とてもシエークスピアの名が、我国に喧伝されてゐた割合に、読まれる事の少なかつた原因は何処にあつたか、その原因を探り、その対策を、今にして講じておくことは、「シエークスピア」をして、真の意義あらしめる為に、かなり必要な事と思はれる。

然らば何が故にシエークスピアが余り読まれなかつたか。無論その原因は、多々あるだらうと思はれるが、その最大のものは、シエークスピアの名が余りに輝かしい為に、それに眩惑され、手も足も出なかつた為ではあるまいか。人間の本性として、余りに偉大なものは、どこかに祭り込んでしまつて、再び問題にしないといふいけない所がある。昔太刀山といふ相撲取は、余り強すぎて人気がなかつた。今、野球がスポーツの王座を占め、大衆の支持を得てゐるのは、他の運動や競技と違つて、勝敗がチャンスによる所多く、最後の五分間まで、成敗の逆睹し難い為であらう。シエークスピアはさながら太刀山の如く、野球の持つ危つかしさが少しもない事は、彼が我国で余り読まれてゐない原因であらう。

第二原因は、シエークスピアに関する一切の事が、不明の間に残されてゐる事だ。無論我国に於ても欧米に於ても、彼ほど研究されてゐる作家はないが、余り研究が多すぎて、真に諸説紛々として、帰趨に迷ふのみであり、結局凡ての事が不明であるのと同様である。一体シエークスピアといふ人間がゐたのであるか、ゐないのであるか、今日シエークスピアの作品として残つてゐるものは、ベイコンが書いたのだといふ説は昔からあるが、最近には又オックスフォード卿が書いたのだと真面目に主張する人もある。たとひシェークスピアが書いたとしても、例の鹿を盗んだ事があるとか、「ハムレット」の亡霊の役が巧かつたとか、伝説はかなり多いが、信ずべき史実は至つて少い。最近碩学チェインバアズなどの研究によつて、確実な論拠はかなり豊富になつて来たが、それとても彼が訴訟をやつた事があるとか、金貸しをしてゐたとか、遺言状の中で、彼の妻に「二番目に上等な寝床」を遺贈したとか、判らなくてもいゝ事のみが判つて、肝腎の事は知れてゐない。

二

今日彼の作品として残つてゐる三十七の戯曲が、果して彼の作つた物であるか、或ひは又それ以外にも彼の戯曲があつたのかなかつたのか、それさへも不明である。事をこゝに至らしめた原因を知るには、当時に於て劇作といふ仕事が、文学としての取扱ひを受けてゐなかつた事を、先づ知る必要がある。シェークスピアが「ヴヰーナスとアドネイス」といふ詩を、ある貴族に献げて百磅《ポンド》貰つたといふことが伝へられてゐるが、これに比べると当時一篇の戯曲を書いた作家の報酬は僅か十磅《ポンド》であつたといふ。だからシェークスピアなども劇作といふ仕事を真面目に考へてゐたかどうか、多寡が上演用の台本を劇作者並みに書卸すくらゐに考へて、その脚本を刊行するなどの事は、念頭になかつたに相違ない。現に彼の生前にも、所謂クオト版なるものが十六種ほど発行されたが、著者の名も示されず、勿論彼の許可を得ずして無断発行されたものである。

かういふ次第であるから、シエークスピアは今日の所謂芸術的良心などといふものは、全く念頭に置かず、たゞ彼の天才に任かせて、奔馬空を行くが如く書き撲つたものであらう。彼の速筆は我国の近松の如く有名で、その劇場に呈出した脚本には、書直しが一個所もなかつたと、彼の戯曲集の序文に書いてある。これは無論彼の偉才を証明するものであるが、ベン・ジョンソンの如くこれを遺憾とする者も少からず、いかにも遣《や》つつけ仕事であつたといふ感じが深い。故に彼が不朽の名声を確立したのは、後世のことで、当時は文名高からず、彼の死後七年にして始めて刊行されたフォリオ第一版の如きも五百部を売尽すに九年の歳月を要したといふ。即ち彼の天才を認めたものはドライデンを最初とし、後にジョンソン博士があり、十九世紀に近づいて、折柄ロマンチシズムの勃興の気運に乗じ、独逸《ドイツ》のゲエテ、シュレーゲル、英国のコオルリッヂ、ラム、ハズリットに至つて、初めて彼の不朽の地位が確立したと言へるのである。

三

当時に於て劇作の仕事が、どれほど作家の地位を軽々しいものにしてゐたかといふことは、合作といふ事が平気で行はれてゐた事でも判る。その頃の脚本で「サア・トマス・モオア」といふのが、原稿の儘で残つてゐる由であるが、それには五人の作家の異なる筆蹟が認められるといふ。だからシェークスピアなども、始めはマアロオやグリイン、中頃にはチャップマン、晩年にはフレッチャアやマッシンジャアなどといふ作家と合作した事が証明されてゐる。故に近頃はロバアトソンといふ学者の如く、三十七篇の戯曲の各々に渉つて、本当にシェークスピアの書いた個所を、その内的証拠から、即ち文体や詩形によつて確立しようとしたものもあるが、これには色々反対論もあり、成否の程も覚束ない。又各々の作が上演された年代なども、種々異説があり、劇の本文に就いても、様々の遺漏や誤植や後人の補綴がある事は無論であつて、中にも「恋の骨折損」の如く、一部書直したものが、前のいけない削除さるべき部分と、新らしく書入れた個所が、一緒に出てゐたといふやうな滑稽な例もある。

約言すればシェークスピアに関する一切の事柄が、不明であり未定であるが、その最も甚だしい物はいふ迄もなく、各の劇に関する訳であつて、ハムレットの性格とか、リヤ王の狂気とか、オセロの脚色とか、様々の問題に就ては異説が多く、特に十九世紀に入つて、新らしい批評の方法が発見されると共に、形而上学とか心理学とかがその領域の中に這入りこみ、中にはシェークスピアに傾倒のあまり、その感激や奔放な主観を、彼の作中に移入するものも現はれ、原作では問題にならぬ事柄が、問題視されるに至つた。かうした全くの無政府状態の中に、一般人はその去就に迷ひ、その結果シェークスピアの作に全く匙を投げるに至つたのも、已《や》むを得ない次第であつた。

かうした無政府状態を生むに至つたのは、確かに学者や批評家の余りにも微に入り細を穿つた研究過多の所為であるが、又かくさせる原因がシェークスピアの中に潜んでゐたことも争へない。或る学者が、かく諸説紛々たらしめる程の複雑さが、他の同時代の作者達に見出し得るかと反問してゐるが、これは一方シェークスピアの傑出した天才を証拠立てると共に、その天才の半面、即ち彼の無責任な書撲りが、愈々問題を紛糾させたのである。だから、近頃では、一切の主観や独り合点を排し、この方面から起る非難を排すると共に、エリザベス時代の客観的状勢、即ち劇場の構造や、時代精神などを研究し、当時の観衆の立場から、シェークスピアの劇を再吟味し、その是非を判断するといふ気運が、学界に現はれた。これは所謂現実主義的方法と称せられるもので、米国のストオルや独逸《ドイツ》のシュッキングなどを代表者とする物で、時々変痴気論も多いが、往々傾聴すべき見解を含み、限りなき混沌に一道の光明を投じてゐる観がある。

四

この現実主義の立場からいふと、シェークスピアの作品は、決して我々が想像するやうに、永き苦心経営の後に作られた物ではなくて、彼の出鱈目から起つた色々の矛盾が含まれてゐる。たとへば「マクベス」では、マクダッフに従へばマクベスは「子の無い男だ」といふ事になつてゐるが、マクベス夫人の言葉によれば子供があつた筈である。即ち一幕四場の言葉を坪内博士の旧訳本から借用すれば、「わたしは乳汁を飲ませたことがありますから、赤児の可愛さは善く知つてゐます」

無論この矛盾は、既にシェークスピア学者が度々問題として来たもので、或者はマクベスは寡婦を娶つたのであらうといひ、或者はその赤児が夭折したのだと説明した。それよりも許し難い矛盾は、「ハムレット」の三幕一場の例の「存ふるか、存《なが》へぬか」と有名な独白の中にある。

「曽て一人の旅人すらも帰つて来ぬ国が心元ないによつて、知らぬ火宅に往くよりはと現在の昔を忍ぶのでがな」

といふ言葉は、幽冥界から帰つてくる者が一人もない事を論じたものであるが、これが果して父王の幽霊を見て、その結果煩悶するハムレットの言葉であらうか。

次に考ふべきは、シェークスピアの戯曲が、全部創作でなくて色々種本のある事は誰も知つてゐるが、その種本の消化の足りない為に起る不都合である。「アントニーとクレオパトラ」の二幕七場にポンペイがアントニーに語る以下の言葉があるが、

「ああ、アントニー、君はおれの親父の住んでゐた邸宅を……が、そんなことは如何でも可いや」

これだけでは何の話か判らない。尤も二幕六場で、やはりポンペイがアントニーに、

「成程、陸では、君は亡父の邸宅の計算一件で、大分わたしに背負込ませてゐる」

と言つてゐるが、相変らず判らない。所でこの作の種本であるプルタークの英雄伝を見ると、

アントニーがポンペイの父から邸宅を買つて、その代金が未だ払つてゐなかつた事が判る。又ハムレットが本当の気狂であつたか、或ひは佯狂であつたかが屢々問題とされてゐたが、その種本の方では、彼の父がクローディアスに殺された事は公然の事となつてをり、ハムレットが叔父を油断させて復讐を遂げんが為めに、狂気を装ふことはいかにも首尾一貫してゐるが、シェークスピアの方では、父王暗殺が秘密の間に行はれ、父王の亡霊から、初めてその下手人がクローディアスである事を知つたのであるから、今更狂気を装うては、叔父の不審を買ふばかりである。だからシェークスピアは、ハムレットが、或時は本当の気狂の如く、或時は佯狂の如く、其場限りの出鱈目で我慢してゐる。これでは問題の紛糾するのも当然である。

五

シェークスピアの戯曲は又当時の劇場の物理的条件から、種々の抑制を受けてゐる。当時の劇場には幕がなかつた為に、一々死骸の始末に苦心してゐることや、当時は女優がなく、子供の俳優が女形に扮してゐた為に、女が男に変装する筋がシェークスピア劇に多いことは、注目に値するが、とりわけシェークスピアが、当時の観衆の好尚に迎合せんが為に細心の注意を払つた証跡は至る所に見出し得る。例へば「マクベス」の第四幕四場に「王の病」の事が記され、英国王代々の威徳として、不治の病人を触手療法によつて治すことを書き、

「王は、此有りがたい治療力を其子孫にも遺伝されるといふことです」

といふ台詞《せりふ》があるが、これは当時の英国ジェイムズ一世にも、この力が伝はつてゐると信ぜられ、又この国王がシェークスピアの戯曲を愛好された為に、かゝる言葉が挿入されたと見る人が多い。

シェークスピアの悲劇は、或る意味に於てメロドラマであり、極めてセンセイショナルな要素が多い。「ハムレット」の復讐といふテエマが已《すで》に大衆的であるが、その他亡霊、狂気、最後の大立廻りなど、全く道具が揃つてゐる。「マクベス」には魔女、暗殺、亡霊、夢中遊行病、「リア王」には、狂気、暗夜の暴風雨などと、何れを見ても極めて大味で殺伐なものが多いが、無論これは前受けをねらつた為である。又特に「ハムレット」には、一見余計と思はれる議論が多い。例へばハムレットは、父王の亡霊が現はれる前に禁酒論を弁じたり、俳優の一団が来ると復讐の事は忘れてしまつて俳優芸術の本質を滔々と論じたりする所は、全く劇の本筋を離れてしまつて、バアナアド・ショオの戯曲を思はせるが、多分当時の観衆は、かういつた説教や議論を好んだものであらう。最後に、其他の場面では、余り賢明とも思はれないポローニヤスが、一幕三場の息子レーヤアチーズの船出に際してのみ、処世の妙諦を説き、言々句々肯綮に当る所、評家の不審を呼ぶ所であるが、これとてもその場限りの向う受けであつて、かゝる傾向をシュッキングは「挿話的強度化」と呼んでゐる。

六

もう一つ彼の戯曲を読む時に注意すべきことは、当時の舞台を支配してゐた「約束」である。「リア王」の道化師が、例の大風雨の場面に現はれて、その後全く消息を絶つてゐる事は種々の解釈を生んだのであるが、当時の約束として、道化役が劇の最中に現はれて、満場の哄笑を買つた後、突然退場することが通例であつた事を考ふれば敢へて異とするに当らない。又オセロオが極めて容易にイヤゴーの甘言に乗りその術中に陥るのも、当時「誹謗者」といふものが、一つの舞台上の類型人物であり、主人公は必ずその罠に陥るといふ約束があるに徴すれば、成程と肯かれる。そのイヤゴーが、独白の中にオセロオの美徳を賞讃し、自分の悪を承認するといふ公平な立場に立つてゐることが屢々ある為に、彼を悪漢でなく皮肉屋だと解釈した者もあつたが、これはジュリヤス・シーザーが度々自分の勇気を誇唱するのと同じく、当時は演劇に叙事詩的要素が多分に含まれてゐた為に起つた事で、これらの台詞は、それを語る者の性格を現すといふよりは、寧ろ作者が劇中人物の口を借りて、観衆に戯曲の説明を、加へたものと見る方が至当であり、我国の能楽の「この時義経少しも騒がず」等の台詞と同視すべきものである。

即ち以上によつて、シェークスピアに関する一切が不明であり、その原因が、当時の劇界の外面的状勢と作者の出鱈目から起つたことが明らかになつたと思ふが、然らば、このシェークスピアが何によつて不朽の名声を垂れたかと言へば、只一つ彼の性格描写が堂に入つてゐるからである。私はこゝで彼の性格が如何に絶妙であるかを例示する余裕を持たない。無論彼の性格が様々な解釈の余地を存し、又その間に色々矛盾の存する事も争へない。

七

しかし、只一つ誤りなく断言の出来ることは、その性格の一つ一つが、真に生きた人間の形貌を備へてゐることである。この生きた人間、血あり肉あり、脈搏と呼吸を持ち、我々の思想、感情、理想、煩悶を持つ人間の出現は世界文学史上に於て、シェークスピアを以て嚆矢としたのである。それ迄の、或ひはそれ以後の劇中人物は、シェークスピアのそれに比すれば、作者の思想の代弁者であり、或ひは戯曲の脚色に操られる人形にすぎない。即ち彼等は戯曲の中に於てのみ、蒼白き生存を続けるにすぎない。然るにシェークスピアの性格は、それ自身固有の生命を持ち、その色濃き存在は、戯曲の脚色の上に盛上り、時あつてそれを突破る。彼等の持つ矛盾は、即ち生きた人間の矛盾ではないか。かゝる人間の創造こそは、神の創造に近いものであつて、それ故にこそシェークスピアは、様々の欠陥にも拘はらず、世界最大の詩聖と仰がれてゐるのである。

この生きた人間は、数多きシェークスピアに関する文献、註釈、批評の中に絶対に存するものでなく、只シェークスピア作品の中にのみ生息してゐる。この度のシェークスピアの全集の刊行、或ひは博く「シェークスピア復興」の意義を、このシェークスピアの創造した人間の再生といふ一点に置いて、その意味に於てのみ、この度の企てを心から慶賀したいと思ふ。

（昭和八年九月「中央公論」）

第三章

演劇と映画雑感

演劇私議

一、不愉快なる歌舞伎狂言

○歌舞伎芝居が、自分達に取つて、殆んど何等の魅力も持たなくなつたことは、争はれない事実である。丁度大人である我々に、かん〳〵太鼓や笙の笛が、もう何等の魅力を持つて居ないやうに。原稿を書き上げて、のう〳〵とした気持になつた時、午後からの半日を、芝居でも見て呑気に過さうと思ふ。そして、自分の家を出かける。が、電車の停留所へ行くまでに、自分の心は変つてしまつて居る。最近に見たいろ〳〵な不愉快な芝居の記憶が、劇場に向く自分の足を、にぶらせる。芝居を見て、いやなヂリ〳〵した思ひをするよりも、一層《いつそ》活動がいゝと思ふ。活動を見ると、時にはタワイもない映画や、愚にも付かない喜劇などを、見せられることがある。が、何《ど》んなに悪くつても、芝居のやうに不愉快な思ひはしないでも済む。

○歌舞伎芝居を見て、一番不満なことは、歌舞伎劇に盛られて居る人間の生活、理想、道徳、感情と、自分達のそれとの間に、殆んど何等一致する処がない点である。何等共鳴する処のないことである。歌舞伎芝居に出る生活は、もう我々の生活でない。彼等の理想や、道徳や感情も、我々のそれとは、何等の相似もない。我等はホッテントット人の生活をでも見るやうに、我々とは全く別な生き方をして居る、舞台の上の人間を、ボンヤリと見て居る丈《だけ》である。我々は、塩谷判官と一緒に師直の無礼を怒る気にもなれなければ、勘平と共に、舅《しうと》殺しの苦悶を別つことが出来ないのである。

○が、然し我々が舞台の上の人物に、冷淡で居られる中はいゝ。我々とは、全く人間が違つて居る不思議な人物が、舞台の上で、我々とは少しも交渉のない生活目的や、感情で蠢動して居るのを見るのも、一興でないことはない。が、然し彼等の玉条として居る道徳なり感情なりが、我々の道徳なり感情なりと喰ひ合ひをする場合は、我々は冷淡に済しては居られなくなるのである。我々が、信じて是なりと信ずることを、彼等が舞台の上で、否定して居る場合、我々は冷淡に済まして居ることは出来ないのである。

○例へば、「千本桜」のすしやの場を挙げてもいゝ。我々は、改心しない前のいがみの権太には同情することが出来る。人間的な悪人であるが、改心してからの権太は堪らないと思ふ。自分などには、イントラ、ブルな人間である。彼は自身の悪業を償ふために、罪も報《むくい》もない妻子を犠牲にして居る。恐ろしく憎むべきイゴイストであるばかりでなく、その事自身が自分などに取つては、ショッキングである。然るにあの芝居では、改心前の権太を憎み、改心以後の権太の行動を讃美して居る。丸切り自分などの道徳的批判などとは正反対である。あゝいふ芝居は、「主君の為には凡てが犠牲にせらるべき筈」であつた封建時代にのみ、見物へ訴へ得た芝居である。あんな芝居は、徳川幕府と一緒に滅んで居て然るべき狂言である。
○かうした不快な芝居の一例として、自分は「どんどろ大師」を挙げることが出来る。何処が面白くて、こんな芝居が今でも舞台に上せられるのか、不思議である。幕が開いてから、閉るまで、たゞ不快にヂリ〱させられる丈《だけ》である。一体、世の中の母親で、久し振りに娘――しかも放浪して難渋して居る娘に、廻ぐり合ひながら、名乗り合はないなど、云ふべらばうな話が、古往今来あるべき筈はない。娘に難儀が振りかゝると知りながら名乗り合ふ方が、何《ど》れほど人間的で、その方がどれほど戯曲的であるかも判らない。あゝした境遇で名乗り合はないお弓などは、人間でなくして、舞台上の怪物である。
○最近、帝劇で演ぜられた「鰻谷《うなぎだに》」が、如何に不倫な不快な芝居であるかは、他の所で一寸書いて置いたが、どんなに考へても、あんなイヤな芝居はないと思ふ。妻が、夫に捧げる物の中で「貞操以上に尊い物がある」と云つたやうなあゝした間違つた道徳を讃美して居る芝居が、今尚演ぜられると云ふことは嘆かはしい事である。而かも、舞台上では妻が不倫な同衾をすることを、明示して居るなどは、真に堪らないことである。シングの「プレイボーイ」で、ペギン・マイクとプレイボーイとが、二人切りで夜を更かした後、ペギンが寝室に退く時に、鍵の音をさせて二人の間が、肉体的には、清浄であることを暗示した演出的注意に比べると、何と云ふ下品な尾籠な舞台であらう。あゝした尾籠な芝居を面白がつて見て居る見物や、平気で上演して居る劇場当事者や、それをつい目と鼻との近所でありながら、見過して居る警視庁の取締係などの心持は自分には、到底解せない。姦通強姦などの脚色も、「鰻谷」の題目に比すれば少しも不快でない。姦通などには、一生懸命になる警視庁が、少し問題が、複雑になつて来ると、平気で居るなど寧《むし》ろ愛嬌である。

○不快な芝居の実例としては「金比羅利生記」の志度寺などを挙げてもいゝ。忠節なお谷は坊太郎の唖を癒すために、二十一日の水垢離《みずごり》をして、到頭自殺して了ふ。それを、坊太郎は自殺する傍で、アツケラカンとして見る。所が、後で聞くと坊太郎の唖は、偽せ唖だと云ふのである。馬鹿々々しくて開いた口が閉がらない。お谷の忠節を無視して、犬死させる坊太郎と云ふ人間は、馬鹿な行き止りで、そんな男のために身を捨てて居るお谷迄が悲惨な滑稽な感じをしか我々には残さない。

○こんな不愉快な実例をいくら挙げても尽きない。今の歌舞伎狂言の十の四五は大抵かうした不愉快なものである。偶々《たまたま》不愉快でないものは、タワイもない愚にも付かない狂言である。道徳的な殻のない狂言は、不愉快でない代りに大抵タワイもないものである。

○自分の歌舞伎狂言に対するかうした非難を、横紙破りの野暮な変痴気論だと思つて居る人があるかも知れない。が、さう云ふ人達は物の真実を見る眼と語る舌とを失なつた人達であるから、そんな人には何うでも勝手に思はせて置く。
○或人は、又こんなことを云ふ。根本的な所は間違つて居ようとも、部分々々の役者の演技を見ればいゝのだと。が、自分は舞台の人物がどんなに巧妙に泣いても笑つても、自分はその泣いたり笑つたりする原因が、馬鹿々々しい時には、泣いたり笑つたりする事も、馬鹿々々しいとしか思へない。夏目さんが、「内容として見るに堪へない所は演方が旨いとか下手《まず》いと云ふ芸術上の鑑賞の余地がない位《くらゐ》厭だ」と云つて居られるのを至当だと思ふ。
○夏目さんが、生前歌舞伎劇の価値を少しも認めて居られなかつたのを、当時尚歌舞伎を愛して居た自分は、夏目さんが芝居を見られない為だと高をくゝつて居たが、今初めて夏目さんが芝居に対しても正しく確かな眼を持つて居られたことに感嘆せずには居られないのである。
○我々が、自分の理智を妥協的に少しも鈍らさずして、今の舞台に対すると、思ひ半ばに過ぎるものがあるだらう。
○今の舞台が出鱈目であるごとく、見物が芝居を見る眼も、妥協的八百長になつてしまつて居ると思ふ。例へば、「莨切《たばこきり》」で、唐木政右衛門が自分の愛児を刺し殺ろして、庭に抛《なげう》つ時、若し見物が本当に「劇的幻覚」を有して居るのならば、半玉や小娘の一人や二人は、酸鼻な情景に、「アッ」と叫声を挙げてもいゝ訳である。が、見物も心得たものである。平気の平左で見て居るのである。見物と役者と両方空涙の滾し合ひをして居るやうなものである。

二、新らしき戯曲

○演劇の改良の一番近道は、天才的な戯曲家の出現に在ることは、誰人でも首肯する所であらう。今の劇場の見物の心を摑みながら、而も芸術的に秀れた戯曲を、創作し得る戯曲家が出れば、演劇改良などは文句なしである。

○が、今の創作戯曲は不振沈滞を極めて居ると云つてもい丶。昨年も一昨年も、秀れた戯曲水準を抜いた戯曲は一篇も出なかつたと云つてもい丶位である。近代劇の末流であるやうな戯曲、イブセンやショオやハウプトマンなどの思想や技巧の殻が、まだ何処かにこびり付いて居るやうな問題劇などが、時候遅れの筍か何かのやうに、ヒヨコ〳〵出た丈《だけ》である。英国や仏独などでは十年も廿年も前にやつた労働問題アテ込みの問題劇などが、もてはやされて居る。

○日本の現在の社会では、急ごしらへの社会改造論者などが、幅を利かして居るやうであるが、戯曲の人物としては、かう云ふ人間には飽きはて丶居る、それから一本気の失敗するに極まつて居る理想主義者、妙な理想《プリシプルズ》を実生活よりも重んじて失敗する人、かう云ふ人物は英国の近代劇などを読むと、箒で掃き捨てるほどウジョ〳〵して居る。それから、妙な博愛的温情慈善主義者の失敗なども、鼻に付きすぎて居る。問題劇などが盛んになると、かうした人物を主人公にした芝居などが、臆面もなく書かれさうだから予じめ警戒して置く所以《ゆゑん》である。

○それから、戯曲の主人公としては洋画家、それに配するにモデルの美人、洋画家の友人、シーンはアトリエなど云ふ取り合せも我々には鼻に付いて居る。それから主人公としての予後備の将校。会社の重役。資本家の若旦那。そんな壮士芝居から借りて来たやうな人間もなるべく遠慮して貰ひたいと思ふ。自分は、つい自分の隣に住んで居さうな、名もない何其の身に起つた悲劇や、我々が汽車に乗つて旅行するとき、汽車の窓からふと目をやつた見捨てられたやうな百姓家などに起るヂミで、誇張のないそれで飽くまでも日本的な現代的な戯曲的葛藤を、そのまゝ舞台の上で見たいと思ふ。

○日本の文壇は自然主義の洗礼を受けた。が、日本の劇壇は受けずに居る。劇作に於ても、演出に於ても、自分はリアリズムを力説したいと思ふ。

○小成金の住宅のやうに、安手の癖にいやに整ひすぎた台辞などは、排斥すべきだと思ふ。舞台に於ける凡ての人物が、他所行きの何等の云ひ直しも、云ひ過ちもないやうな、舞台の後で充分練習して来るやうな、キレイなその癖力のない台辞などを云ふ芝居は排斥すべきだと思ふ。

○自分は徹底自然主義の技巧を学べと云ふのではない。が、日本の戯曲のシーンも境遇も台辞も、もつとナチュラルで、本当の生命の鼓動がして居てもいゝと思ふ。小説をかくとなると大抵の人が、生地で行かうとするのにも拘はらず、芝居だとなると、妙なポーゼをやつたり、作つたりしようとするから可笑《をか》しい。

○自分は、此の正月に「文章世界」で、相馬泰三氏の「芳賀と友達」と云ふ対話を読んだ。可なり自然な会話だと思ふ。戯曲だと云ふ事を念頭に置かなければ、あの位自然な会話がかけるのにと思つた。どんな人生を考へても、芝居の人物が喋べるが如く、ノベツに喋べつて居る人生はないと思ふ。自分は簡潔なリアルな会話丈《だけ》で発展して行くやうな芝居を見たいと思ふ。我々は、会話の中にどんな些細なエキスポジションがあつても、それが直ぐ不自然な作り物だと思はずには居られない。

三、活動写真に就て

自分は正直に白状するが、自分はよい芝居に対する渇望を、活動を見ることに依つて、幾分か癒やされて居るやうに思ふ。活動写真を見ないで貶して居る人は、活動などゝ云ふと、「フ、ン」と云つたやうな顔をするが、大抵の映画は、歌舞伎狂言などに比べると、どれほど近代的で、我々の生活に近いものか分らないと思ふ。少くとも歌舞伎芝居に見るやうな不愉快な蒙味な道徳的怪物と接しない点丈《だけ》でも助かると思ふ。五六年前に活動を見て、活動写真と云ふ物は、やたらに追駆けるものだと思つて居るやうな人は一度、見直しで見ればいゝと思ふ。

役者の芸を比べても、活動の役者の方がどれほど、表情に巧みで、自然で、ライフライクであるか判らないと思ふ、あれから見ると歌舞伎の俳優などは、マルで木偶《でく》が動いて居るやうだ。女形と活動女優の美しさを比べると、比較にも何にもならない。

活動でも日本物や連鎖物などは金を呉れてもいやだが、五巻か六巻かの正劇や人情劇には、その内容から云つても立派な、日本の現在の戯曲などは逆立ちになつても、及ばないやうないゝ物があると思ふ。去年キネマ倶楽部で見た「生恋死恋」などはその内容と云ひ役者の演技と云ひ、愛蘭土《アイルランド》劇場の名舞台を見るやうに感銘の深いものがあつた。こんなものに比べると、「イントレランス」だとか「シヴヰリゼーション」とか「君国の為に」など云ふ仰々しいものは、大抵下らないものだ。

兎に角、劇場の不自然な人間や境遇や空気などに、ウンザリして居る我々に取つて、映画の中の自然な自由な人間の活動がどれほど、清新な興味を起して呉れるか分らないと思ふ。

（大正九年二月「人間」）

将来の日本映画

現在の日本の活動写真に対しては、旧派たると新派たるとに拘はらず何等の興味も好意も持つて居ない。金を呉れても見たくはない。何《ど》うしても見て居なければはならないとなれば、止むなく旧派の方を見るだらう。新派よりはいくらかましだ。いづれにしても現在の日本の活動写真俳優の技芸は、殆ど採るに足るところはない。不自然な誇大なイヤ味な表情と身振との外には何もない。あの活動写真館の表にかけてある写真の看板を見る丈《だけ》でも、新派も旧派も懲々である。

自分は活動写真が好きで、一週間に二度位は屹度浅草へ行くが、キネマ倶楽部と帝国館と電気館の外へは、一度も入つたことがない。日本物を見せられるのが堪らないからである。

今度国際活映や松竹で、日本物のいゝ映画を製作しようと云ふ計画があるさうである。が、現在の日本物に少しの同情を持つて居ない自分は、国際活映や松竹で製作する将来の日本物が、果して現在の日本物の持つ欠陥を充分に補ひ得るか何うか、可なり疑問だと云ふ気がしてならない。

活動俳優の技芸は、容貌と表情と身振と所作とに尽きて居る。ところが悲しいことに日本人ほど、かうした点に於て進歩して居ない人種はないと思ふ。日本人は表情らしい表情も持つて居なければ、身振らしい身振も持つて居ない。西洋人が、どんな感情をでも、表情と身振とで以て、何等言語《ことば》の力を借らずに表現し得るに対して、日本人はその真似事でさへ為し得ないやうである。西洋の映画を見ると、どんな端役の動作でも可なり自然で、生きて居る。日本人と来ると、凡ての動作が不自然でギゴチない。之《これ》は、日本の俳優ばかりでなく、日本人全体がさうなのである。日本人全体が、活動写真的人種でない上に、活動俳優そのものに、果して人があるか何《ど》うか心配である。井上正夫氏の如き立派な俳優が、奮つて映画界に投ずるのは、日本の映画界に取つては結構な事には違《ちがひ》ない。氏は現在の日本物の余りにお芝居たつぷりの嘘と誇張とを駆逐して、清鮮なリアリスチックな演技を、スクリヰンの上で、見せて呉れるだらうと、期待して居るが、一番心配なのは、井上氏に配し得るやうな女優を見出し得るや否やである。女形は絶対に駄目である。表情の豊富な体格のいゝ動作の華美《はで》な、理想的な活動写真女優が得られるか何うかである。若《も》し幸《さいはひ》にして、拾物《ひろいもの》的の名女優が、一人でも出現して、それが西洋の女優とは別な魅力を振ふやうになると、日本映画の発展も期待し得られると思ふ。が、それにしても、日本の女優がその顔《かほ》形《かたち》の美しさの点に於て、表情の豊富と微妙さの点に於て果して西洋の女優と相対抗し得るか何《ど》うかに至つては、一朝一夕には望まれ得べくもない。が、活動写真の演技が進歩し、日本の女も、その美しさを充分に、スクリヰンの上に発揮する術を修得したならば、十年二十年の後に於ては、或は対抗し得るに至るかも知れない。

旧派の方では、左団次とか吉右衛門程度の俳優が、活動写真に対する無意味なる侮蔑（本当に無意味なる侮蔑だ。名歌劇女優のゼラルデヰン・ファラアや、露西亜《ロシア》の名優アラ・ナジモワなどが、映画俳優になつて居るのを考へて見るがいゝ。旧派俳優が活動俳優になるのは、堕落ではなくして、ある意味での覚醒である）を棄てゝ、真剣なリアリスチックな芝居を、映画の為に演ずるやうになれは、荒唐蕪雑な今迄の旧劇映画の外に新鮮な映画が、得られるだらうと思ふ。之は、松竹なり国際活映なりの努力と、俳優達の覚醒に依つて、近き将来に実現し得るかも知れないと思ふ。

兎に角、日本映画の現在は、如何なる点に於ても、芸術的な価値は皆無だと云つてよい。将来立派な日本物を製作するためには、根本からの改造的な施設を要すると同時に、当事者の商売気を離れた努力を必要とするだらうと思はれる。

（大正九年五月「演藝畫報」）

劇の筋及び境遇

「新文學」三月号の雑記帳に、伊藤松雄氏が、自分の戯曲「父帰る」が、ギルバート・キャナンの一幕物に、そつくりだと非難して居ると云ふ噂を読んで、自分は憤慨して、「時事新報」文芸欄でその妄を弁じて置いた。その後、伊藤松雄氏が、自分に手紙を呉れて、氏がさうした非難をした事のないことを弁じ、併せてキャナンの一幕物と自分の「父帰る」が「似ても似つかぬもの」であることを知らして呉れた。伊藤氏に対する自分の怒《いかり》は解けた。たゞ雑記帳子なものを憎む心が残つて居る丈《だけ》だ。伊藤氏が、さうした非難をしないと云ふ以上、さうした噂を何処から、捏造したのか知らぬが、無責任に無反省に、匿名で作家に対して、剽窃類似の悪名を被せるに至つては、論外である。自分は、あゝした無責任な不徳な他人の人格を不当に傷《きず》つけるゴシップが、今後「新文學」の頁《ページ》から影を潜めることを「新文學」のために望んで置く。

自分は伊藤氏の好意で、そのキャナンの一幕物を一読した。そして、劇の筋が可なり自分の「父帰る」に類似して居るのを知つた。いかにも、劇を少しも解し得ない素人《しろうと》が読めば、そつくりだと云ふやうなことは云ひ兼ない。が、一読して自分は安心した。芸術的にも舞台的にも特に手法に於て「父帰る」の方が、段違《だんちがひ》に秀れて居ることを信ずることが出来たからである。

その上、この一幕物の小冊子を見ると、千九百二十年の出版である。自分が、「父帰る」を書いたのは、今を去る五年前千九百十六年のことである。無論、キャナンの一幕物は、十六年前に出版されて居るのかも知らぬが、二十年版の此の小冊子から、あんな噂が出たかと思ふと、無責任さ出鱈目さに駭《おどろ》くの外はない。

曾て、友人山本有三氏が、その「津村教授」が、「伯父ワーニャ」に、似て居ると云ふやうな非難を受けて大変不愉快がつて居たことがある。自分はこれを機会に、筋や境遇が、少し似て居るからと云つて、直ぐ模倣呼ばり剽窃呼ばりをする妄を啓いて置きたいと思ふ。

一体、戯曲の筋だとか境遇などゝ云ふものは、少しも大切なものではない。そんなものは、戯曲の生命ではないのだ。本体ではないのだ。筋などはどんなありふれたものでもいゝのだ。自分は、自著「文芸往来」で、「抑《そもそ》も他人の作たる戯曲の筋脚色を借用すること決して、悪事に非ず。仏のポルチと云ふ男は『劇的境遇は、世に三十六に限れり』と云へり、一場の冗談なるべしと雖《いへど》も、筋の暗合借用は随分勝手たるべし」と書いて居る。

筋だとか境遇などは、小説から取らうが、伝説から取らうが、他人の作品から借用しようが、そんなことは問題でないのだ。たゞ、その筋を駆使して現はるゝ作品の主題《テーマ》――作家の人生観、思想、感情、及びその筋を駆使する作家の手法が問題なのだ。それが、芸術の本体なのだ。

ゴルズワアジイの「争闘《ストライフ》」は、ハウプトマンの「織工」の影響を受け、筋も境遇も類似して居る。が、「争闘」に対して模倣呼ばりをするやうな狂犬類似の人間は、英国には居ない。ゴルズワアジイの「銀の小箱」はハウプトマンの「獺《かわうそ》の皮」の影響を受け、「争闘」が「織工」に類似して居る以上にもつと類似して居る。が、ゴルズワアジイは、「銀の小箱」の一つに依つて、彼の劇作家としての出立《デイビユー》をなして居る。ヘッベルの「ギイゲスと彼の指環」は、カウンダレス王の物語から、その筋を得て居る。が、その筋が、創意でないからと云つて、何人《なんびと》が、此の傑作を非難したゞらう。メエテルリンクの「モンナ・ヴンナ」は筋も境遇もヘッベルの「ユーヂット」に似て居る。が、その為に、誰がメエテルリンクを非難しただらう。エチエガレイの「ドン・フアンの子」は、イブセンの「幽霊」とその趣向を一にして居る。幕切の台辞《せりふ》まで、そつくりである。が、何人もが、その創作年代の前後に依つて、模倣呼ばりをしたゞらう。シングの「聖者の泉」の題材は、丁抹《デンマーク》か何処かの物語にある。それかと云つて、何人が此の天才作家の創意を疑つたことだらう。愛蘭土《アイルランド》文芸運動の三尊たるシング、イエイツ、グレゴリー夫人の三人は、銘々デアドラ姫を題材として、戯曲をかいて居る。筋も人物も境遇も同じだからと云つて、誰が此の三つの戯曲が芸術的に同一と断ずることが出来るだらう。本質的には、此の三つの戯曲は、赤黒白の三色が、銘々違つて居るやうな相違があるではないか。シェイクスピアの戯曲の題材は、大抵は中世の年代《クロニクルプレース》劇から得たものである。筋と云ふ点から云へば、此の天才は、全然その創意を否定せられるではないか。

なに、菊池寛の「父帰る」の筋が、ギルバート・キャナンの一幕物に似て居ると云ふのか。おゝ非難者よ！　例を、そんな遠方に求めるには及ばない。もつと手近にある！　題名までが似て居るものがある。それは水守亀之助君の小説「帰れる父」である。母が兄弟二人と娘一人を連れて、家出をした放蕩の父を待つて居る人生の境遇は、世界到るところにあるのだぞ。それを外国にしかないものだと思ひ、日本の戯曲家が同じやうなことを書けは、直ぐ「そつくり」だなどゝ、ヘンな噂を立てる半可通な戯曲の分らない男は、日本に丈《だけ》しかないことは確《たしか》である。

終りに望んで、もう一度繰り返して置く。小説でも戯曲でも同じだが、題材や境遇は、死物である。それを通じて現るゝ主題が、大事なのだ。それを通じて現はるゝ作家の人生観、思想、感情それを駆使する作家の手法が芸術の本体なのだ。かう云ふことは、少しでも芸術の分る人には無用の冗語であるが。小説や戯曲の筋などを、問題にするのは、女子供である。

（大正十年四月「新文學」）

芝居の「嘘」と「真実」

芝居熱、演劇研究熱の流行は凄まじい。が、それはカメラの流行と同じやうに少し上すべりだ。現在の劇場の経営は、すべて「連中」見物によつてなされてゐるにすぎない。聴けば先月の新富座では「連中」が実に七十本あつたと云ふ。

名優とは、——かくの如くにより多くの連中をつくりうるものを指していふのだ。唯物史観的に云へば、名優とは連中製造人だ。役のつくとつかぬとは、この連中の製造能力の如何によると知れ。

とても、こゝしばらくは、日本の劇界は救はれさうもない。

芝居はどうしても脚本本位だ。これは私が、脚本家だから、自然さう考へるのかも知れない。背景画家は芝居はどうしても背景本位だと思ふかも知れないやうに。芝居にはいゝ脚本がありさへすればいゝ。装置や電気がなくても芝居は困らない。たとへば沙翁《シエイクスピア》の「ヴェニスの商人」の初演では、舞台上の装置は一切なかつた、(このところヴェニスなり)といふ貼札をたてたきりで。

まへおきはこれだけだ。これから「芝居の嘘と真実《まこと》」について云ふ。

芝居に嘘のあることはいふまでもない。

たとへば、所作事の場合の後見や、せりふをつける「黒衣《くろご》」――が、それだ。見物はそれを見ないふりをしなければならない筈だが、それは銘々の眼が承知してくれない。黒衣がうろ〳〵してゐるのは立派な嘘だ。

また芝居の床《ゆか》と云ふものなども、地面とも座敷とも即《つ》かず、不可解なものである。地面かと思ふと人が坐る、座敷かと思ふと二重屋台から降りて来て草履をはく。

或は、舞台で――今まで番頭や丁稚《でつち》どもが喋べつてゐたのに、ふと皆が啞になつたやうに黙りこんでしまふ、をかしいなと思つてゐると、お囃子の音につれて花道から、弁天小僧が南郷力丸と現はれてくる。また舞台で、二人が密談してゐると屹度立聞きするものがある。立聞きがないともの足りない位に。更に「忠臣蔵」の一力茶屋で、いかに大星が傑くとも、おかるの手をもつて縁の下の九太夫を、あゝ巧く、真つ下には刺せぬ筈である。

芝居には嘘がこんなにザラにある。だから、その嘘を一々数へ立てゝゐるとおもしろくはない。

仮に、門の高さが二間もあつて、しかも塀の高さは一尺きりしかないとする。高くないものを仮に高いと思つてゐると、それが芝居の約束である。一尺位の塀を門と同じ位な高さだと思つてゐないと、芝居は面白くない。

旧劇を見るものは、その約束を守ることを強ひられる。が、約束を守れと云つても、どうしても守れないものがある。ある程度まで智的に進歩すると、嘘を本当とはどうしても思へなくなるのである。

夏目漱石さんは「芝居はきらひだ」と云はれたが、それは理性が強かつたから、芝居の約束を守りえなかつた為めである。芝居の嘘を認めえないものにとつては、決して芝居はおもしろくもをかしくもない。

私も高等学校時代には芝居が好きで、友だちと見て歩いたものだ。久米正雄なんかはたしかに大向うから「高島屋あー」と怒鳴つたやうだが、私は決して云はなかつた。が、とにかく田舎《ゐなか》出の若者の眼には「美しい恍惚感」をおぼえさせずには措かなかつた。そして、約束を有難く守つてゐたのである。しかし、それは長いことではなかつた。

所謂リアリズムの近代劇運動とは、かうした舞台上の嘘に怒つて擡頭したので、芝居から凡ての嘘を取り除かうとした。が、つひに、芝居から一切の嘘をとりのぞくことは出来なかつた。なぜと云へば、芝居そのものが、何処まで行つても、結局一つの大きい嘘である。なぜと云へば、舞台で人が殺されたり、人が恋愛したりする訳はないからである。

どんなに、リアリズムの主張を徹底させようとしても、芝居成立の根本条件である「芝居は嘘だ」と云ふ大前提をどうともすることが出来ないのである。

芝居上のリアリズムは、要するに砂上の楼閣である。どんな写実的な芝居でも、第四の壁を附けて置く訳には行かない。ところが、壁一つ崩れてゐる家は地震の跡ぐらゐでないと見当らないのである。

だから、舞台上のリアリズムはある点まで行つて破産する。舞台へ杉の木を並べたつて、決して杉林の感じは浮ばない。それより、描いた杉林の方がどれほど杉林らしいか分らない。

だから、私は舞台上のリアリズムをさうした外的方面に置かないで、もつと別なところへ置きたい。

私は内的な写実主義、即ちインナーリアリズムを提唱する。

もつと内在的な、もつと人物や心理の上にリアリズムをおけといふ。

倉田百三氏の「出家とその弟子」の序幕で、鉄砲が壁にかゝつてゐる。鉄砲が始めて日本に輸入されたのは、たしかに天文十二年に種子ケ島へ渡つたとおもふが、――そんな詮索はどうだつていゝ。そんな不自然はどうだつていゝ。脚本の主題、人物の心理にウソがなければ、さうした嘘は見逃したいと思ふ。人物の出所、退出は敢て意に介せない方がいゝ。人物の服装や携帯物とても、やつぱりその通りである。

ストリンドベルグの作品などにも、境遇や筋にはかなりウソが多いが、まづ嘘だといふさきに、高級な心理描写に打たれる。これでなければならない。

しかし、現在の日本の芝居道には、外的なリアリズムさへ充分に行き亙らないのは、心外千万だと思ふ。

（右は記者の筆記に拠る、従つて文字の蕪雑意味の不明確な点があれば、凡て記者の責任であることを、談話者並びに読者へお断りしておく。）

（大正十一年八月「演藝畫報」）

猿之助の進むべき道

猿之助氏の進むべき道と云つて、私はかう進みなさいと断言し得るやうな、そんなハツキリした進路を、指示することが出来ない。

たゞ、猿之助氏に就いて見聞してゐる所に依つて、ホンの愚案を述べてみる丈《だけ》である。

第一に猿之助氏が、春秋座を起して、普通興行から、独立したことは賛成だ。ありとあらゆる宣伝と連中の無理強《じひ》とで、やつと命脈を保つてゐる普通興行が、いづれ行き詰るのは目に見えてゐる。そして、実力本位の芸術本位の俳優と、本当に芝居を鑑賞する見物との世の中になるだらうと思ふが、その時代に立つて活動するために、今から苦労をして芝居をして、実力を養うて置く必要があるだらうと思ふから。

が、春秋座として独立するために、猿之助氏にとつて、いゝ指導者がゐないやうに見えるのは、残念である。みんな片手間で、猿之助氏のために、親身になつて片肌を脱がうとしてゐる人が居ないやうである。芝居が本当に分つて、そして猿之助が本当に分る人が、その周囲にゐないやうである。第壱回興行の出し物だつて、（自分の物があるので批評はつゝしむべきかも知れないが）いゝ加減な間に合せとしか思へない。猿之助を本当に知る人ならば、あんな出し物は選ばないだらうと思ふ。現代劇なら何でもいゝ。新しい物なら何でもいゝと云ふのは、現在の新劇団の通弊で、昨日お題目を唱へてゐたかと思ふと、今日は、はや念仏を唱へてゐるやうな興行本位の、人気本位の上演が多いが、春秋座は決してそんな不見転《みずてん》をやらないで、上演に当つて一定の方針で、出し物を統一してゐて欲しいと思ふのである。

新舞踊劇は、あれで猿之助氏の辿つて行く道の一つである。が、それは側路《わきみち》で、堂々たる正道ではない。堂々たる正道を辿るのには、いゝ軍師が絶対に必要であると思ふ。猿之助氏自身も、芝居のことは乃公《おれ》一人で、充分分ると思はないで、充分人の教を聴くべきだが、さてどうもその周囲に猿之助氏を指導して行き得るやうな、適当な人がゐないのは、残念である。

私が思ふに、猿之助氏の進むべき道は、現実主義の劇場より外にないと思ふ。まだ〳〵日本の劇場は、純粋な現実主義の演出に達してゐないと思ふ。さうした現実主義の演出を、卒業してから、然る後に表現主義なり、象徴主義なりの演出に、入つて行くべきだと思ふ。本当に実感のある動作も出来ない台辞《せりふ》も云へないくせに、表現主義だの象徴主義だのと騒いでゐるのは、普通に飛んでも出来ない飛行家が、曲乗り飛行をやらうとするのと同じである。日本の劇場は、まだ〳〵現実主義の洗礼を受けてゐないのだ。実人生に於て、人が話したり動作したりするのと変らないやうな、リアリスチックな演技を持つてゐる俳優が、現代に一人だつてゐるだらうか。

ヂミな質実な猿之助氏は、現実主義の劇場を捨てゝ、外に入るところはないと思ふ。

さう云つたところで、イブセンの「幽霊」のやうな、本当に十九世紀の科学的な現実主義の「幽霊」のやうな芝居をやられては困るが。私はリアリスチックな、そして救ひのある芝居が見たいと思ふ。どんなに深刻でも、どんなに悲惨でもいゝが、救ひのない物は困るのだ。

脚本の選定は、非常にむづかしいことだ。殊に興行本位でなく、芸術的に意義あらしめんとする場合には、特に然りだ。無定見な脚本の選択は、その興行を先天的に傷《きずつ》けるのだから、一番困るのだ。

尤も、現在新興劇のために、一番いけないことはよい脚本のないことだ。二三年以来、本当にうれしくなるやうな脚本は、一つだつて出ないのだから。小説よりも、もつと不作である。

さて、これは私見であるが、若し出来るのなら、春秋座はその興行の幾回かを文芸座と合同して欲しいことだ。猿之助兄弟では、いかにも無人である。殊に八百蔵や小太夫は、年齢の関係から、若い青年より外は出来ないのだから。勘弥と猿之助とが、合同してよい脚本を選定して充分の練習を積んだならば、面白い芝居が見られると思ふ。

もつとも、女優が帝劇からの傭兵で、中世紀欧洲の傭兵のやうに、本気に戦争しないが、これは今のところ如何ともしがたい欠陥である。


（大正十二年一月「演藝畫報」）

演劇時評

復興劇場に就て

地震後復興して行く劇場に対しては、劇作家や演劇改良家などからいろ〳〵な希望もあり註文もあることだらう。が、然し地震前に於てさへ演劇は、一の商業的企業であつたのだから、興行者が大打撃を受けた地震後に於ては、それが尚《なほ》一層露骨に商業的になることを何人《なんぴと》も阻止し得ないだらう。

一の演劇を支持して行くのには、何よりも先にそれが「損にならない《イット・ペイズ》」と云ふことである。「損になる」芝居などは、それが芸術的にどんなに秀れてゐても、単に演劇改良家の無何有郷《むかいうきやう》に存在し得る丈《だけ》である。いろ〳〵な演劇理想家が、どんなに理想的な演劇論を説へても、彼が実際劇団に関係すると直ぐ堕落して行くやうに、演劇の存在の第一の理由は「損にはならない」と云ふことである。

平時に於て然りである。まして、興行者が経済的に四苦八苦の現在に於て、理想的ないろ〳〵な演劇改良意見などを聴かすることは、バラック建の住居者に、床掛をでも買はせるやうな話である。我々は、劇場が商業的になることを寛容し、商業的と云ふことと両立する範囲に於て、演劇の改善を企図する外に策はないのである。この際、芸術的な高遠な理想を携げて、復興劇場に望むが如きは、それが何等の実益なきのみならず、頗《すこぶ》る野暮な話である。

そんな意味で、この際凡ての復興劇場が、見物本位になり興行本位になることは、止むを得ないと思ふ。地震は、既成劇場のあらゆる情弊を破壊したと同時に、既成劇場の中に生えかゝつてゐた芸術の萌芽をも挫折させた。新しくよい劇場の建築資金をかせぐ間、我々は演劇が、従来よりも一層露骨に興行本位になることを黙許せねばならない。たゞ興行本位と両立する限りに於て、演劇を邪道に陥ることを妨ぎ、出来る丈《だけ》芸術的に導くことを努めなければならないと思ふ。

New Happy-ending

震災前にも、私は愉快なる芝居を欲した。私は、十九世紀の現実主義戯曲、例へばイブセンの「幽霊」の如き、ハウプトマンの「日出前」の如く、たゞ深刻のために深刻さを求めたるが如き芝居を好まない。「幽霊」の如き、我々の人生を、それ丈《だけ》暗くする外全然無意味である。私は、如何なる芝居にも「救ひ」を要求する。人生に於ける「救ひ」か「希望」かが暗示されてゐる芝居を求める。私は、現実主義の洗礼を受けた後のHappy-endingを求める。舞台の上にどんな悲劇があつてもいゝ、がその悲劇に依つてもなほ消されない人生の一縷の明るさを求めたい。たゞ、人生を否定しそれを幻滅し、そのまゝに捨てゝしまふ如きは、現実主義の悪趣味である。私はどんなにでもして、いかなる否定の裡にも、幻滅の裡にも一縷の歓喜を求めたい。小説よりも、芝居に特別にこれを求めるかと云ふに、芝居は小説よりも視覚的である、残酷な絵がショッキングであるやうに、残酷な芝居は視覚に訴へる丈《だけ》に、残酷な小説よりも、一層ショッキングである。小説はどんなに深刻でも堪へ得る。芝居のそれは、見物の心を暗澹とさせてしまふのだ。

そんな意味で、私は震災前にも、「救ひ」のある芝居、「希望」のある芝居を求めてゐた。地震後に於ては、一層その要求を強くしたいと云ふ。日本の劇作家の中には、なほ現実主義の影響を脱し得ないで、深刻のための深刻を求めてゐる人がないでもないが、私はさう云ふ人を少し時代遅れだと思ふ。

地震後は、私は思想のある芝居などを欲しない。屈託のある芝居を欲しない。私は愉快な明るい芝居か、でなければむしろ舞踊を取りたいと思ふ。地震後の見物の心は、恐らくもつと単純に、面白い理窟のない芝居を求めてゐると思ふ。

（大正十三年一月「新小説」）

劇と異常事

戯曲的境遇とは、何《ど》うしても人生に於ける変時であり、変事である。小説の境遇なり情景は、日常生活の裡にいくらでもあれど、戯曲の境遇は天変地異のときに現はれること多し。

メエテルリンクは、燈火を見つめてゐる静な老人に、却つて深い戯曲があるなど云つて居れど、それは詩人戯曲家の逆説的卓説にして、常説にてはなし、戯曲的瞬間は、その性質上変時変事に現はるゝこと多し。

何となれば、劇はその性質上時間の制限あり。如何なる葛藤も舞台上に於ける二三時間の裡に発展し、いかなる特種の性格も一二時の裡にその全貌を現はさゞるべからず。人生に於ける葛藤は、変事に際して起り易く、性格の深奥は変時に現はれ易し。かゝる意味に於て、戯曲家は変時変事に境遇を摑み易し。米国の活動写真の活劇が多く西部に舞台を取るは、西部生活には変事変時多ければなり。愛蘭《アイルランド》の戯曲が、勃興したる一の原因も愛蘭《アイルランド》人の生活に変事変時多ければなり。

近代劇起りてより、舞台上に於ける偶然、暗合、立聞、殺人などの不自然は禁止されたれば、戯曲家は手品の種を奪はれた如く、舞台に変事変時を作り出すこと甚だ難し。下手に変時変事を作れば、嘘だと言ふことが、直ぐ分つてしまふが故なり。

むろん、日常生活の裡にも深刻なる戯曲はあり、されどそれは汽船でも神戸へ行かれるなど云ふのと同じことにて、本当は汽車で行く方が便利なり、人生の変時変事にありて、戯曲は見つけ易し。

そんな意味に於て、今度の地震後に於て、戯曲的瞬間は、東京生活の随処に現はれたる筈なり。戯曲を作るに最も必要なる一つは、「運命の変転」なり、今度ほど、多くの人が運命の転変に遭ひたることはなかるべし。又戯曲を定義して危機の芸術と云ひし人あり。今度ほど、生命、財産、名誉、貞操あらゆるものが危機に瀕したることなかるべし。地震を背景とすれば、如何なる変事変暗も不思議にはならず、被服廠から、市川まで飛ばされた人の話は嘘として、日常時には、現はれざるが如き異常事は、是認せらるる訳なり。そんな意味に於て、地震後戯曲家は小説家よりも資材を恵まれてゐる筈なり。

（大正十三年一月「演劇新潮」）

一幕物に就て

ある主人公なり、また一団の人々の生活に於て、真に劇的な事件と云ふことは、さう度々起りはしない。我々の生活を考へて見ても、劇的な事件は、半生に一度一生に二三度しか起らない。そんな意味で、劇的な事件は、稀にホンの短時間の裡に起るのである。

従つて、ある一人の主人公を中心に、五幕も四幕もの芝居を書いても、毎幕には劇的な事件は起りつこはないのである。劇的な事件は、第四幕か第五幕に起る丈《だけ》で、他の幕は筋を売ること、か、性格描写とか、そんな非劇的な部分で充たされるのである。むろん錯綜した劇的事件を書くのには、さうした準備的場面が必要で、静かな海洋の上に、暴風雨をかもす一朶の暗雲が低迷してゐるやうな場面も、面白いには違ひない、然し劇の本質は性格描写や境遇説明などではないのである。そんな意味で、劇は劇的瞬間を書きさへすればいゝ訳であるから、いかなる劇的葛藤も一幕位しかの時間をしか要さないし、従つて、一幕で描き得ればこれに越したことはないのである。むろん、三幕も四幕も書かなければ何《ど》うしても描き得ないやうな劇的葛藤もあるし、また第一幕が降りて後、不安と期待との緊張で第二幕の上るのを待つと云つたやうな気持も、芝居見物の快感の一つであるから、敢て三幕物を貶する訳ではないが、大抵の題材は、作者が充分な手腕があれば、一幕に盛り得るものであるし、また三幕も四幕もの長い物を書いて、長たらしい説明丈《だけ》で、一幕を了らせて了ふやうな三幕物四幕物に対し、隻手劇的事実と取り組まねばならぬ一幕物の方が、戯曲家としては率直な道であると云ふ気がするのである。だが、複雑した劇的事実を渾然とした四五幕物に構へ上げ、その間に巧みなる性格描写を配する大手腕も、戯曲家として望ましき到達境であること無論である。

然し、かうした劇の本質論から離れて、対見物の点から考へて、一幕物が、今後益々劇場を占有することは争ひ得ないだらう。短篇小説が、十九世紀後半の発達で、近代文芸の寵児であつた如く、一幕物は近代劇運動の生んだ末つ子で、当分は劇場の寵児たるべく運命づけられてゐる。なんとなれば、近代の繁忙なる生活は、劇場見物に長時間を費すことを不可能ならしめ、短時間の裡にまとまつた感銘を与へることが、絶対に必要となるからである。

たゞ一幕物作成の難点は、境遇説明と性格描写とである。我々は、筋を売るやうな台辞《せりふ》を、一言でも言はせることは、戯曲家の恥だと思つてゐる。然し台辞に云はせずして、境遇を説明することは絶対に不可能である。我々は、自然な会話の裡に、見物に些《いささか》の疑念をも起さずして境遇説明をやらねばならないのである。が、さうした一幕物作家の苦心などを買つてゐる戯曲評などは、未だ曾て見たことがない。

もう一つ困難なのは、性格描写である。境遇説明は、困難は困難でも、やつてやれないことはない。だが、わづか三十分か四十分かの間に、その幕中に活動する凡ての人物の性格を活写することは、いかなる大戯曲家も難しとするところであらう。劇的事件などは、描き易い。が、その中の一人の老婆を個性あらしめ、一人の青年を個性あらしめることは、至難なことである。が、性格を描かずして芝居は描けないから、我々は片言隻句の中にも、出来る丈《だけ》その性格の片鱗をでも現はさうと努めねばならないのである。

一幕物を書くことは、三幕物を書くよりも、もつとむつかしい。たゞ、一幕物と云へば、きはめて手軽にきこえるので、世に一幕物に志《こゝろざ》す人達が多いが、一幕物にこそ、凡ての劇の本質が宿つてゐること、あだかも一刀流に於て、「打込む太刀は真の一刀」を重んずるのと同じだ。一幕を以て、人生の一角を切り取ること、一刀で相手を仕止めるのと同じことだ。決してたやすく思ひわたるべきことではない。

（大正十三年二月「演劇新潮」）

女性尊重主義と近代劇の運動

小説と戯曲の区別

小説と戯曲との区別に就て、大抵の人は何にも考へて居ない。唯だ、劇中の人物の名前を先に掲げて、会話で書いた物は戯曲と云ふやうに考へて居るが、それ丈《だけ》の区別ではない。小説と戯曲はもつと本質的に区別がある。戯曲は台詞ばかりで表現する芸術であるが、併し其の形式以外に戯曲には戯曲としての本質があるのである。それは何であるかと云ふと、戯曲の中に盛られてある人生の姿である。即ちある特別な形をした人生でないと、戯曲にはならないのである。どんな人生の形でも小説には書ける。子供が段々大きくなつて行く生成の有様だとか、或一人の女が結婚と云ふものを中に挟んでの前後の心持の変遷とか、或一人の老人が、段々衰へて行く心の寂しさとか、小説は人生の有らゆる姿を書くことが出来るが、併し戯曲はさうでない。戯曲と云ふものは人生の特別な形を書くものである。一言にして云へば、人生の劇《はげ》しい所を書いたものである。芝居を劇と云ふが、劇と云ふ字は一体どう云ふ意味から来て居る字か知らないが、劇と云ふ字は劇しいと云ふ字である。これは私の自己流の解釈であるかも知れないが、戯曲とはつまり人生に於て劇しい所である。人生を一つの河として考へると、河には色々の流れがある。例へば小さい細流の姿もある。野の中を流れて居る利根川のやうな洋々たる姿もある。都会に入つて絃歌を浮べて流れて居る隅田川のやうな姿もある。併し斯う云ふ緩やかな人生の河の姿は戯曲には書けないのである。小説には書けるが、戯曲に書けないのである。戯曲に書ける河の姿と云ふのは、人生の河の中でも劇しい所、すさまじい所、変化をして居る所である。かうした所しか戯曲には書けない、即ち渦巻だとか、滝だとか、河の曲《カーブ》しか戯曲には書けない。詰り戯曲と云ふものは、生活の河の渦巻だとか、滝だとか、曲つて居る所、さう云ふ所を書いたものである。なぜ戯曲が人生の劇しい所を書くかと言ふに、芝居と云ふものは時間の上から制限を受けて居るのである。小説は三日かゝつて読んでも宜いし、五日かゝつて読んでも宜いが、芝居と云ふものは二三時間のうちに演了されなければならない。だから僅か二三時間の時間に人生の姿を現さなければいけない。又人間の姿を現さなければいけない。僅かの時間のうちに、人生の姿なり人間の姿なりを現すのには、どうしても人生が緊張した時間、即ち人生が劇しくなつて居る時間、即ち其の人生の渦巻だとか、滝だとか、カーブだとか云ふ所を書く外に道はない。一人の子供が段々大きくなつて行くに連れての生活の変化、例へばロマン・ローランのジャン・クリストフのやうなものは、三十幕を費さなければ戯曲には書けない。であるから人生の総てのことは小説にはなるが、総てのことが戯曲になるとは定《きま》つて居ない。モウパサンの「女の一生」と云つたやうな題材は芝居には書けない、書いてもつまらない。其の証拠に小説を芝居に脚色する場合にもどうしても芝居に脚色の出来ない小説がある。例へば、トルストイの「復活」と云ふものは脚色されて居るが、同じ人の「イワン・イリッチの死」と云ふものは脚色されて居ない。何となれば「復活」の方には人生の河もあり滝もあるが、「イワン・イリッチの死」の方は唯だイワン・イリッチと云ふ男が段々病気になつて、さうして死ぬまでの生活を書いた物であるから、ちつとも劇しき所がないために、どうしても戯曲にすることは出来ないのである。であるから戯曲と云ふものは人生の劇しき所、緊張した瞬間を舞台の上へ描き出す「短く劇しき」芸術である。何となれば人生なり若《も》しくは人間なりを舞台の上の二三時間で示すのには、どうしても人生の緊張した瞬間を選ばずには居られないのである。だから幾ら会話の形式で書いてあつても、人生の緊張した部分を書いてない様な作品は本質的には戯曲でない訳である。外国の或る戯曲学者は、戯曲のことを「危機の芸術」だと言つて居る、即ち其の人生の危機を書いたのである。危機に瀕して居る人生を書いたのである。例へば我々が入学試験でも受けて、さうして其の及落の知らせを待つて居る時間とか、それから又親が病床で臨終に迫りながら、子が都から帰るのを待つて居る時間、古い芝居で云へば、判官が切腹しようとして由良之助の来るのを待つてゐる瞬間、それからまた夫が妻の不貞を発見して、将《まさ》にそれを責めようとして居るやうな時間、さう云ふ時が劇的の瞬間である。さう云ふ瞬間でなければ戯曲の題材とすることは出来ない。それに反して小説の方は、どんな生活でも、危機でなくても段々発展して行く心理の変化、一年なり二年なりの間に段々変つて行く心理の変化、さう云ふものでも小説の題材にはなる。併し戯曲の題材にはさう云ふものは決してならないのである。斯うした内容に盛る人生の姿の相違が戯曲と小説との根本的の相違である。

危機に瀕せる性格

私は戯曲を危機の芸術だと言つたが、只だ併し危機だけを書けば戯曲になるかと言ふと、無論危機だけでは駄目である。小説が人間を書かなければいけないやうに戯曲も矢張り人間即ち特殊な人間、特殊な性格を書かなければいけない。例へば或る娘がある、其の娘が悪漢に追ひかけられて、進退が谷《きは》まつて淵の中へ身を跳《をど》らす、それだけを書いたのでは、それは劇的な情景ではあるが、併し戯曲にはならない。戯曲とするのにはどうしても此の娘の性格を書かなければいけない。人間としての此の娘の性格を書いて、さうして其の娘が孝行であるとか、従順であるとか、美しい性質を持つて居るとかを書いて、此の娘のさうした危機に瀕した状態に対して吾々の同情を惹起《ひきおこ》さねばならない。さう云ふ意味で芝居は人生の危機を書いて居るものであるが、人生の危機を書くとは、詰り「危機に瀕して居る所の人生」を書くことである。

戯曲の要件

併し人生の危機と言つても小説には書ける。人生の凡ての事は小説にかける。戯曲に書けることは小説にも書ける。唯だ別に戯曲に書く必要はないのであるが、併しどうして戯曲に書くかと言ふと、それは舞台の上に上演する為めである。なぜ舞台の上に戯曲を演出するかと言ふと、それは舞台に上演することに依つて文学的の効果、即ち読んだ時に感ずる効果以上の効果を得んが為めである。即ちシェクスピヤの「ハムレット」と云ふやうな芝居があるとして、其の芝居をなぜ上演するかと云ふと、上演することに依つてハムレットを読んで感ずる以上の効果を得ん為めである。即ち舞台上の効果を得んためである。戯曲を、本で読むよりも、舞台で上演されて見る方が何故効果が強いかと云ふと、それは舞台に上演されると劇的幻覚が戯曲に附くからである。劇的幻覚と云ふものは何であるかと言ふと、舞台の上で脚本の中の世界が本当に実在するやうな幻覚を感ずるからである、例へば由良之助らしい人間が舞台の上で口を利くので、脚本で読むよりも深い感銘を受けるのである。イブセンの「人形の家」を例に引くならば、ノラのやうな女が本当に口を利くからである。お七とか皆鶴姫とか時姫とかさう云ふ本当のお姫さまらしい人間が実際に口をきくからである。であるから芝居を上演するのは此の劇的幻覚と云ふものに依つて脚本の効果を強めるために上演するのである。だから上演しても劇的幻覚が加はらないやうなものは芝居としての価値がないのである。読んで見ても舞台で見ても同じ位しか効果がないと云ふやうな脚本は脚本としての資格がないのである。舞台に上演されると如何にも其の中の人物が皆んな生々として実在の人間を見るやうな幻覚を、見物に与へるやうな脚本が善い脚本である。然らば此の劇的幻覚と云ふものはどうして得られるかと言ふに、それは色々な条件がある。第一に芝居の組立に、筋に無理がないと云ふこと、それから芝居の性格に嘘がないと云ふこと、それから芝居の台詞《せりふ》に嘘がないと云ふことゝさうした総てのことに嘘がないと云ふことから始めて舞台の中に人物が本当らしく活きてくるのである。又舞台の中の世界が本当らしく活きて来るのである。

近代劇の運動

劇的幻覚を得るためには芝居の筋だとか、芝居の人物だとか芝居の会話などに嘘がない。総てが本当であると云ふことを必要とすると言つたが、近代劇と言ふものは詰り斯う云ふ所を目的として発達したものである。なぜかと言ふに、昔の芝居と云ふものは皆んな嘘があつた。嘘があつたと云ふよりも嘘ばかりであつた。西洋の劇評家は芝居の七大罪悪と称へて、斯う云ふ嘘を数へ立てゝ居るが、日本の芝居を考へてもさう云ふ嘘は幾らでもある。例へば芝居の床《ゆか》である。あの床はあれは地上を現して居るのか、若《も》しくは家の上を現して居るのか、地上だと思つて居ると、日本の芝居などではあの床の上に平気に沢山の人が着物を着たまゝ据つたりする。だから床かと思つて居ると、二重舞台の方から下りて来た人が彼所で下駄を履いて歩き出したりする。それから傍白だとか独白だとか、立聞き、暗合と云つたやうなものはみんな芝居の嘘である。例へば独白と云ふこと——芝居の人物が相手がないのに物を言ふこと、斯う云ふことは非常に不自然なことで、吾々は相手が無しに物を言ふことなどは実際の人生ではあり得ないことだ。「あゝ！」とか「了つた」とか、其の位な短い言葉は言ふかも知れないけれど、自分の心持を長々と喋つたりするやうなことは狂人以外には決してない。例へば芝居の中で泥棒などが「宝蔵は確《たしか》乾《いぬゐ》の隅、忍び入つて何々丸の名剣を奪ひ取らう」と云ふやうな独り言を言ふであらうか、あゝした広告的な独り言を言ふ泥棒があるべき筈はないのである。それから傍白、相手の人が自分の前に居るのに横を向いて、此の男を「一つ殺してやらう」と云ふやうなことを言ふ台詞、それから又芝居の中で会ひさうもない人が偶然に会ふ。例へば伊賀越道中双六の芝居の中で唐木政右衛門が幸兵衛と云ふ自分の旧師の家に泊り合せると、そこに偶然にも自分の義弟が泊つて居る。広い日本で斯うした義兄弟が同じ家に泊り合せると云ふことさへ不思議であるのに、又其の上に政右衛門の女房のおたにが、又其の家へ偶然来合せる。こんな旅先で同じ広い日本を旅行して居る三人の者が、斯う云ふやうに一軒の家に偶然泊り合せるなど、云ふことは実に不思議なことで、実際の人生にあり得ないことである。斯う云ふやうに昔の芝居には非常な嘘があつた。これはみんな嘘である。だから、今までは芝居と云ふことは嘘と同じ意味に取られてゐた。又例へば勘平が猪を打つた鉄砲の丸《たま》が偶然親の仇敵の定九郎に当ると云ふやうなこと、それから又四十七士の首領であつて深謀遠慮であるべき筈の由良之助が、読んで居る手紙をお軽だとか斧九太夫だとかに読まれると云ふことは、由良之助と云ふ人物の性格上の破産である。斯う云ふやうに昔の芝居は性格なり芝居の筋なり台詞なりに色々な嘘があつた。それは日本の芝居ばかりでない。西洋の芝居にも斯う云ふ嘘があつた。斯う云ふ嘘を舞台から駆逐して、そして総てを本当で行かう、総てを真実に帰さうと云ふのが近代劇の運動である。が、併し近代劇と云ふものは舞台上の嘘を滅ぼすと云ふ、芸術上の意味での真実主義を取るばかりでなく、同時に其の扱つた問題の上で、即ち思想上の方では社会的の嘘を滅ぼすことを念とした。即ち芸術的には舞台上の嘘を滅ぼさんとし、思想的には社会生活の嘘を滅ぼさんとしたものは近代劇である。イブセン、ショオ、ハウプトマンなどの芝居は今までの欧洲の戯曲の持つて居た舞台上の嘘を悉く駆逐したと同時に、欧洲の社会生活上の嘘を社会から駆逐しようとしたのである。社会生活上の嘘とは、例へば女を人形扱ひにして、人形の家に閉ぢ込めて置くことゝか、社会生活上の便宜のために真理を隠して居るとか、働きもない貴族が権威を持つてゐるとか、みんな社会生活の嘘である。

かうした意味で、近代劇は舞台的にも思想的にも革命児であつた。

現在の日本劇壇

近代劇の運動は、世界のあらゆる劇壇を征服した。が、日本丈《だけ》は歌舞伎劇と云ふものの伝統が深いので、歌舞伎劇を倒すと云ふところまでは行つてゐない。現在の日本では、歌舞伎劇と近代劇とが対立してゐる姿である。尤も、歌舞伎劇にも捨てがたい美があり、所作事とか世話物などには、特有な芸術があるが、然し全体から云つて歌舞伎芝居の中の生活は、我々とは縁遠くなつてゐる。例へば、夫のために身を売る「忠臣蔵」のお軽の道徳なり気持なりは、現代及び将来の婦人には共鳴さるべくもないだらう。また夫のためとは云へ他人に身を汚させる「鰻谷《うなぎだに》」のお妻のやり方などは、現代の婦人にとつては、考へてもいやなことだらう。それから、幼君のために自分の愛子を犠牲にする政岡の心持も、もう現代婦人の共鳴するところではあるまい。徳川時代の道徳なり思想なりが、古くさくなつてゐるやうに、歌舞伎芝居の生活も古くさくなつてしまつてゐる。本当に自覚した女性には、歌舞伎芝居の世界は到底調和しがたい世界であらう。それに反して、欧洲の近代劇は常に女性を尊重する思想で充たされてゐる。婦人尊重主義の作品は、枚挙に遑《いとま》ないほどである。みんな、婦人解放と自由とを叫んでゐないものはない。そんな意味で、近代劇はどれほど婦人の解放のために尽したか分らない。日本に於ける現代の芝居も、近代劇の伝統を受けて、常に婦人を尊重することを忘れない。

そんな意味で、婦人は特に婦人を奴隷扱ひにし、やゝもすれば婦人を犠牲にして恥ぢない歌舞伎芝居の世界を捨てて、近代劇の信者になるべき筈である。それだのに、今もなほ歌舞伎芝居を見て、古くさい徳川時代の義理や人情に、慣習的な涙を流してゐる婦人の多いのは、慨嘆の至りである。

（大正十三年三月「婦女界」）

映画検閲に就て

映画検閲についてなど、自分は何も痛痒を感じないのであるが、自分の小説「第二の接吻」が、映画になり検閲の際、題名がいけないと云ふので、題名を禁ぜられたから、一言したい。

「第二の接吻」と云ふ題は、東西の朝日で、百日近く人目に触れ、その後も改造社が、めちゃくちゃに大きな広告をするので、恐らく文盲でない人は一二度は目に触れたに違ひないのである。それが、映画の題としてなぜいけないのか、僕には到底解することが出来ない。

映画検閲が、それほど接吻と云ふことに、厳格であるかと云ふのに、決してさうではない。外国の映画などを見ると、可なり露骨な接吻の情景がカットされてゐない。ラブシーンが高潮し、恋人同志の呼吸がはづみ、男よりともなく女よりともなくパツと烈しい最初の接吻にうつる情景など、可なり実感を唆るものがあり、映画検閲官の寛大さに駭《おどろ》く位のものさへある。

それだのに、なぜ題名丈《だけ》に接吻と云ふ字を禁ずるのか自分には到底解らない。映画で公然と接吻の情景を写しながら、なぜそれを接吻と名づけるのがわるいのか。実と名と、どちらが大切であるか位は、賢明なる検閲官諸氏の充分、解つてゐる所だらうと思ふ。

また公然と、接吻と云ふ題を付けるのがいけないと云ふのなら、なぜ新聞小説の題としても禁じないのだらう。また、なぜ演劇の題名としても禁じないのだらうか。津村京村君の「死の接吻」はつい、此間邦楽座で演ぜられたばかりではないか。映画の観衆丈《だけ》を特殊扱ひにし、映画の題名丈《だけ》を特殊扱ひにするが如きは、映画界の実情を知つてゐる検閲官諸氏の、第一に反対せらるべきことではないだらうか。

自分は、所謂お上のすることについては、割合従順であり、大抵御規則は堅く守る方であるが、しかし、お上のすることには、ちやんとした理窟のあることを望んで止まない。接吻と云ふ字が、風教に害があると云ふ見解なら、それも甚だ結構であるから、あらゆる芸術的作品から接吻と云ふ字を禁じてしまふがいゝ。それなら、大賛成だ。たゞ、交番のお廻りさんが、自動車の運転手丈《だけ》に、ガミ〳〵云ふやうに、比較的弱い商売の映画丈《だけ》を、いぢめるなど甚しく不合理ではあるまいか。

（大正十五年二月「演劇・映畫」）

映画検閲の非道
――「第二の接吻」の題名について

自分の「第二の接吻」が、映画になつたとき、その題名を禁ぜられた不当な処置について、幾度も不平を漏らしたが、今度松竹と日活により、更に映画化されたについて、「接吻」といふ字を避け、「第二の〇〇」「第二のエックス」なる題を付したのに対し、この作品に限り、「第二の」といふ字をも使用することを許さぬと、検閲官は声明したとのことである。

一体、東西朝日に掲載され、天下幾百万人士の目に触れ、更に改造社の大広告により流布され、字を知る限りの人々の目には、一度は触れたに相違ない題名が、なぜ映画の題名として禁止されるのか、それさへ奇怪至極のことである。演劇の題名としては、関東関西において許されてゐるのに、映画の題名としてなぜいけないのか。それほど、映画といふものは清教徒的なものか、トラピストの尼僧にでも見せる清浄神聖なものか。外国物の映画において、男女が接吻する生々しい幾情景を許しながら、題名にのみそれを禁ずるのか。そんな馬鹿々々しい内規があるのなら、即日撤回してもいゝことではないか。

同じ、内務当局がやる仕事で、出版演劇にはこれを許し、なぜ映画にはこれを許さないのか。そんな馬鹿々々しい矛盾は、現在の役人達の仕事として、止むを得ないとして、「第二の」といふ字をさへ禁止するに至つては、幕府時代の悪代官、悪奉行のやりさうな意地悪である。映画業者達が、犬糞的復仇を恐れて、唯々諾々として命に従ふのに、つけ上つて、あまりな暴虐非道ではないか、それが、暴虐非道でないといふのならば、検閲課長田島某氏よ。検閲課としての主張立場を公表してもらひたい。権力を有するからつて黙々として非理非道を行つてい丶といふことはあるまい。

（大正十五年四月　発表紙誌未詳）

劇壇時事

○此の頃の帝劇は、興行的にも内容的にも全く不振だ。東京名物としての劇場的位置は、歌舞伎座に奪はれ、どの興行も〳〵も不入つゞきらしい。影が薄くなつた感じである。

○またその座附俳優も、男優女優とも季節遅れのみかんのやうに、しなびてしまつてゐる。それに狂言の選択など俳優の御機嫌取り本位であるから、興行が振はないのは当然である。

○山本久三郎氏も、そのいゝ所をスッカリ出し切つたらしい。元来、芝居の分らない人であるから、新しい思ひ附か何かで、ゴマかして見ても行きつまるのは当然である。

○帝劇は、溜り水が腐敗する如く腐敗してゐる。この際、思ひ切つて沈澱してゐる泥を渫《さら》ひ出して、新鮮な水道の水でも容れたらいゝだらう。もつと悪口を云ひたいのだが、自分は帝劇とは不和だから、そのために悪口を云つてゐるとでも思はれるとイヤだから、此程度で止めておくが。

○山本久三郎氏は、帝劇へ新國劇を入れる時に、「帝劇」と云ふ雑誌で云ひわけをした。それは、「新國劇」を入れるのは、帝劇の品位に関すると云つた非難に対する云ひ訳らしかつた。安来節程度の女優劇をやつてゐて、帝劇の品位でもあるつもりかしら。「新國劇」の方でこそ、云ひ訳をするとよかつたのだ。
○馬鹿な株主が、グヅ〳〵云つた新國劇の三月興行で、久しぶりに補助椅子が世の中へ出るなんて、何と云ふ皮肉だらう。
○澤田正二郎いかに久し振《ぶり》とは云ひながら、面白くもなささうな「井伊大老の死」を通してやつて、大入満員をつゞけるなど、正に人盛んにして天に勝つ姿である。然し、あまりに調子に乗らないで、少しは天を怖れよだ。
○だが、安逸高臥の俳優たちが、わがまゝ勝手を並べた末に、やつときまつた役割をお役目丈《だけ》にやつてゐるのと違つて新國劇が一興行毎に、一座の興廃此の一挙に在りと、死物狂ひに奮闘してゐる熱誠が、見物の心を摑むのは当然である。
○芝居に熱がなくなれば、おしまひである。その意味で、六代目が市村座の存亡を双肩に荷なつて奮闘してゐるなど、むしろ俳優のために欣んで可なりである。
○俳優にほしきものは、芸術家的な熱、でなければ実生活から来る熱。どちらでもいゝ。とにかく、身体にタコの出るほど、やり古した役を、興行師の命ずるまゝに唯々諾々として、やるの丈《だけ》は、よしたらいゝだらう。
○とにかく、役者が興行に責任がないと云ふことは考へ物だ。その興行の出来不出来が、その役者の身上に影響するやうな制度の方が望ましい。

○飼殺し同様の座附役者が、金魚のやうに見かけ倒しの意気地なしになるのは、当然のことだ。
○旧劇の役者は、あまり楽をし過ぎ、新劇の役者はあまりに、苦しみをし過ぎてゐる。勘弥猿之助など云ふ人達も、もう少し勉強し苦しんだらどうだらう。
○むろん、彼等は大人しくしてゐれば、今に俺達の時代が来るだらうと思つてゐるらしいが（またそれに違《ちがひ》ないだらうが）しかし、彼等の時代が来たとき、鬢髪既に霜を置いてゐるのでは、いかに心細いことであらう。
○自分の「第二の接吻」が、映画の題として禁止されたことは、外で不平を云つたが、芝居の題としては、東京と大阪とで許可されてゐる。芝居と活動とは同じ内務省で、取締つてゐるのではないのかしら。浅草の松竹座の観客と、活動写真の観客とどちらが低級で、どちらが高級だと云ふのだらう。聖代に、こんな馬鹿々々しいことが在り得るのか。
○また「第二の接吻」を「京子と倭文子《しづこ》」と改題したと云ふ事実を新聞で、広告したら、それも禁止されたと云ふ。当局が改題しろと云つてしたことを、広告するのがなぜ悪いのだらう。かうなると滅茶である。かう云ふことに対する抗議なり損害賠償の請求なりをする道の開かれてはゐないのは甚だ不当である。
○聞くところに依ると、岡本綺堂氏の「虚無僧」は、神戸で上演を禁止されたさうである。残酷なのと、敵打の妨害をするのがいけないと云ふさうである。これも笑はせるが、しかし「第二の接吻」を芝居で許し活動で禁ずるのに比べると、まだ筋道が立つてゐる。屁理窟でも理窟は通つてゐる。
○検閲制度の改善、脚本検閲の統一、文芸家協会のやるべき仕事は、沢山ある。だが、文芸家など云ふものは、みんな不精者が揃つてゐるから、まだ当分はかうした不合理の下に、泣寝入りになる外はないのだらう。
○キネマの四社聯盟崩解、従つて「菊池寛のものは原作料が高いから撮影せぬ」など云ふ内規も消滅した訳である。ひとり、各プロダクション丈《だけ》の欣び丈《だけ》ではない、僕の作品もこれからは、映画にあらはれようと云ふものだ。
○四社聯盟の崩解と共に、各プロダクションが興隆して日本に芸術的映画が出るやうになれば、こんな愉快なことはない。

（大正十五年四月「演藝新潮」）

劇壇時事

○二月三月の好況に引き換へ、四月はどこも思はしくなかつたと云ふ。今後も新作物の多い月は好況で、然らざる月は不況を呈すればいゝと思ふ。帝劇歌舞伎の四月の狂言の如き、腐り切つてゐるではないか。
○各劇場に於けるその頭脳的方面を改革することが、現在の緊急の仕事である。頭が腐つてゐるから、腐つた狂言を並べ立てるのである。帝劇などは、その社長更迭を機会として、その頭脳を取り換るべきであらう。
○役者の男衆の如き文芸部員などが、撰定する狂言が、めちやくちやであるのは当然である。だが、腐り切るものは自ら腐り切つて崩壊するを待つのは亦劇壇改善の最後の方法かもしれない。
○歌舞伎座の五月は、大楠公をやると云ふ。興行師が金儲けのため大楠公でも中楠公でもやるのは、勝手だが、いやしくも劇壇の長老たる市川左団次が、唯々諾々として出演するに至つては嘆かはしい次第である。

○歌舞伎座など云ふ馬鹿々々しい建物に資金を固定するから、客を呼ぶことが何よりも必要になつて来るのだ。役者にステヽコを踊らせても客を呼びたくなるのだ。興行師のさうした心理は、当然だが唯々としてステヽコを踊る位なら、むしろ役者を廃業した方がいゝ。

○観覧税なども、帝劇や歌舞伎などにかけるのはいゝが、畑中蓼坡とか佐々木積など云ふ貧乏人が、ヒト工面をしてやつと開ける芝居にまでも、徴税するに至つては、暴虐非道である。一晩お客が百人位で、税金が七十円、そんなベラ棒な税金があるだらうか。極端な禁止税である。

○新劇協会の「ユーヂット」で、奥村博史の唖には感心した。同じく新劇協会の「男と女と男」も、近来面白い芝居だつたが、女をやつた滝沢ちえ子の演技にも感心した。

○僕の「第二の接吻」を、新旧合同でやり、旧派の方が倭文子《しづこ》の中村成太郎を初《はじめ》、みんないゝのには、寂しかつた。藤村秀夫の村川に至つては論外である。花柳章太郎の京子は、ケレンである。尤も、あの程度にやらなければ、見物には受けないのだらうが、それなら、「第二の接吻」などやらなければいゝのである。

○四月の「新潮」で、森田草平氏が、「戯曲の書ける男書けない男」と云ふ文章の中で、僕の「屋上の狂人」について、僕があの作品をかく前後に於いて「人生の幸福は幻影の中にあらずして真実を見る所に在り」と云ふ真理に気がついてゐられただらうかと云つてゐるが、あまりに情ない、と云ふより、僕に対して無礼である。僕は森田氏に先輩として敬意を払つてゐるが、いくら先輩でも無礼である。こんな真理は近代劇の基調であり、殊にバアナアド・ショウの如き幻影破壊を以て第一の信条にしてゐるではないか。さうした現実過重の弊に対して起つたものが、幻影復興現実忌避のイエイツ、シングの徒ではないか。この二つが近代劇の第一波第二波ではないか。第二波に乗じてゐるものに、第一波を知らないだらうなどと、めちやくちやである。二階にゐるものは当然一階を通つてゐるのだ。

○曾て「恋愛病患者」を書いたとき、田山花袋氏が、若き恋愛者の立場から書いたら、もつと力強い作品が出来たゞらうと云つた。若き恋愛者の立場から書いた近代劇が世界に幾百あるだらう。その反動として、父の立場から書いたのが「恋愛病患者」だ。「人生の幸福は幻影の中に在らずして真実を見るに在り」と、いかに、それについて多くの近代劇が作られたゞらうか。シングが「聖者の泉」をかき自分が（不倫をゆるせ）「屋上の狂人」を書くのはその反動だ。二階に居ないからと云つて、一階にゐるのぢやないのだ。三階へ上つてゐるのだ。

○水戸光圀が、親殺しに死刑を宣告すると、不承知を訴へたので、三年間儒者につけて教へてから、死刑に処したと云ふが、反駁する前に、相手を教育してかゝるやうな権力は、自分にないから、分らない人にはいくら反駁しても分らないだらう。

○六代目の勘平は傑作である。型が、どうのかうのなど云ふことは中橋米雄に任せて置くが、とにかく忠臣蔵の六段目など云ふ、馬鹿々々しい狂言をやつて、われ〳〵を感服させるのはさすがである。子供だましのやうな縞の財布をいぢり廻しながら、しかも可笑《をか》しくないのは遉《さすが》である。

○演伎座明治座が、近く改善されるらしいが、頼むから建築など金をかけないやうにしてくれ。

われ〳〵は見物席を見物に行くのでなく、廊下をぶらつきに行くのでもない。廊下や見物席などに金をかけて、その利子を観覧料で払はせることなどは、後生だから、よしてくれ。

（大正十五年五月「演劇新潮」）

原作者の所感

自分の作品は、これまで二三映画化されたが、今度の「受難華」位、原作に忠実なものはないと云つてもよい。これ、一に脚色小田喬氏監督牛原氏が、文芸を尊重してゐてくれるためだと思ふので、その点満足に思つてゐる。

牛原氏の監督は、温厚堅実で、軽佻浮薄の点がないのは、欣しい。そのため、映画的にヅバヌケた情景には乏しいが、しかし新鮮な、観客を退屈させない明快な技巧は随処に発揮されてゐる。そして、原作の持つてゐる味は、ある程度まで出てゐる。

たゞ、原作の面白味は、半分以上会話に在るのだが、それが映画となると殆ど出ないが、これは文芸と映画との根本的相違だから止むを得ないことだらう。

役者は、栗島すみ子の寿美子が思つたよりよい出来だつた。だが、その人を髣髴させたのは、松井千枝子だつた。殊に、産褥に在る時の顔などは、初産のなやみを見せて、うつとりしてゐた。筑波雪子は、努力はしてゐたが、最初から処女らしさがないのは、困つた。

男優諸氏は、なんとなく女優ほど冴えなかつた。鈴木伝明は、最初心配したよりも、よき出来栄であつたが、もつと重厚な風貌がほしかつた。渡辺篤の林健一は、やゝ成功の部である。しかし、俳優全体は、最近心配してゐたよりも、ずつとよかつた。

自分は映画でも巴里《パリー》に於ける情景を、ラストにして貰ひたかつたのであるが、牛原氏がその困難と、またラストは大情景《ビッグシーン》でなければならぬとの主張を入れて、横浜を結末としたが、しかしやつぱりあれは牛原氏の云ひ分を正しいと思つた。たゞ、彼処で、二人を会せないのは、原作とも違つてゐるし、あまりに結末を蕭条とさせはしまいかと思つたが、あれはあれで充分効果を挙げたと云つてもよい。

原作者から見た「受難華」は、たとへ甲上ではなくとも、決して乙には下らない映画である。「陸の人魚」や「第二の接吻」の映画は、何だか人の物だか自分の物だか分らぬ気が、ところぐしたが、「受難華」はたしかに僕の「受難華」である。

自分は試写で一度見た後、更に浅草松竹館で見たが、弁士各位が新派悲劇を説明するやうな口調で、やつてゐるのに閉口した。「あゝ迷ふ勿れ、若き人妻よ……」などと、教訓を以て終りにするなど、あまり愛嬌がありすぎる。たゞ一人、加藤柳美と云ふ人が、僕の原作を読んでゐてくれて説明に原作の文句を用ゐて、充分意を尽くしてゐたのは、原作者としては、たいへんうれしかつた。

(昭和二年二月「映畫時代」)

映画と文芸

映画と文芸

映画と文芸の関係は、演劇と文芸の関係と略同《ほゞ》じ程度であらう。従つて、文芸の解る人が必ずしも演劇の解る人でない如く、文芸の解る人が必ずしも映画の解る人ではない。我々は、文芸丈《だけ》で映画を理解しようとするものでは決してない。たゞ然し、かう云ふことは云へる。文芸の解る人でなければ到底映画は正当に理解し得ないだらうと。我々は、文芸丈《だけ》で映画の解らないことを欣んで肯定すると同時に、文芸の解る人でなければ到底映画は解らないだらうと主張するのである。現在の演劇に於て、その文芸的基礎なる脚本が、可なり重視されてゐる如く、現在の映画に於ても、その文芸的基礎なるストリイ乃至シナリオが、いかに重視されてゐるか。「とにかくよいストリイでなければ、駄目だ」と云ふ結論は、近時映画批評家の異口同音の結論であるらしい。

「よきストリイ」とは、よき文芸である。よきテーマとはよき文芸である。将来の映画が、文芸的ストリイ乃至テーマを捨てゝ、音楽の如く、絵画の如き企図《モーチヴ》で、製作される時代が来れば、いざ知らず、現在二三十年は、文芸的基礎の上に立たざる映画は、到底想像し得られないだらう。然しながら、ストリイ乃至テーマは、映画芸術の本質ではない。此のテーマなりストリイを、いかに表現するかゞ映画芸術の本質である。従つて、その文芸的基礎丈《だけ》を理解することに依つて、映画全体を理解し去らんとするが如きは、甚《はなは》しき迷妄であらう。我々は、さうした意味に於て、文壇人が映画の文芸的基礎以外に映画芸術の本質たる表現そのものを尊重することを希望すると同時に映画界の人々には、映画の基礎である文芸的部分を尊重することを要求するのだ。かくてこそ、日本の映画芸術は、正道なる発展を望み得ると思ふのである。

初て妻三郎を見る

坂東妻三郎の盛名は、兼々聞いてゐたし、また畑中蓼坡君が、その演技を賞讃するのを聞いたので、いつか一度見ようと思つてゐたところ、森岩雄氏が最近作「蛇眼」を、激賞してゐるのを読んだので、牛込の羽衣館へ行つて、初《はじめ》て妻三郎を見た。

大抵、人の賞讃を聞いたりなどして見ると、反動的に失望するものであるが、妻三郎の映画は、さうした期待を、ガツシリと受けとめてくれた感じだつた。自分は、可なり感心した。外国の一寸い丶映画を見たのと同じ興奮を感じた。日本の映画を見ると、何となく物足りなさが残るものだが、「蛇眼」はそんな感じは殆どしなかつた。妻三郎のい丶ところなど、今更かくのもをかしいが、あれ丈《だけ》一般受けがしてゐて、それで下品でなく、臭くないのがい丶。その上あ丶云ふ剣劇ばかりでなく、もつと心理的な芝居でもやれさうなところがよかつた。志波西果と云ふ人は、どんな人物だか知らないが、ストリイはさう厚味はないが一脈の新味を湛へて、妻三郎を働かし切つてゐるのは愉快であつた。今後も亦、妻三郎を見たいと思ふ。

（大正十五年七月「映畫時代」）

劇壇時事

○小劇場の「愛慾」は可なりい丶芝居だつた。脚本を読んだときは、それほど感心しなかつたが、舞台で見て、武者小路氏の戯曲家としての進歩を感じた。だが、結末は、作者も少し持てあましてゐるが、あれはあ丶云ふ結末より外ないだらう。たゞトランクの始末など、あまり現実ばなれがしてゐる。主人公をやつた友田君はうまいと思つた。

○帝劇を久しぶりに見た。去年の二月以来初めて、帝劇の興行を見た。そして、帝劇がすつかりヴォードヴヰルになつてゐるのにおどろいた。独逸《ドイツ》でもレヴヰユーが全盛だと云ふのだから、帝劇もスッカリ、ヴォードヴヰル式にした方が却つてい丶だらう。今のやうに、興味中心を狙つて芝居をだん〳〵下等にして、しかもお客が来ないなど云ふことは、誰のためにもならない。

○松居氏の「和田の酒盛」など云ふものは、駄酒落にもなつてゐない。まだ高速度喜劇の方が、下品なユーモアがある丈《だけ》でも辛抱が出来る。おしまひの水晶宮に至つて、アキれた。山本久三郎氏は、い丶紳士である。しかし、芝居の分らないと云ふことは劇場の支配人としては恐しいことである。
○帝劇などは、あゝ云ふ下品な趣味が見物にも受けてゐると思つてゐるらしい。しかし、芝居者達の頭は進歩しないが、見物が刻々進歩するのである。帝劇の最近の不入は帝劇趣味が、だん〳〵その見物からも飽かれてゐる証拠ではないだらうか。
○太郎冠者の喜劇が、狂言の中で一番甘い一番下品なものであることは、まだ我慢が出来る。あれが一番いゝものになり、外の狂言があれ以下に愚劣でタワイもないに至つては論外である。
○幕内の連中や文芸部の連中誰一人誠意がなく、損をしたとて俺が困まるわけぢやないと済してゐる、現在の帝劇は劇界のソドムである。たゞ一人の義人ロトもゐないのか。
○皇城と相対して帝都の中央に頑張つてゐる帝劇が、裸身の少女を水槽に泳がせてゐるに至つては、論議の外である。藤森君の「犠牲」などよりか、あゝいふ下品な趣味が、どれほど良風美俗を害するか。「和田の酒盛」の下卑た駄洒落と悪趣味とが、どれほど良風美俗を毒するか。あゝ云ふ狂言こそ、官権を利用してゞも、上演禁止にしたいものである。
○あんなことをして、客が欣ぶと思つてゐるのが、馬鹿である。見物席に坐つてゐると、いかに見物があゝ云ふ狂言に不満を感じてゐるかゞ、分る。あんな興行をつゞけてゐるのなら、帝劇はもう一度大地震に出会つて出直した方がまだよい。
○下品な狂言をやつて、客が大入満員なら、我々は文句はない。客受けを狙つて、下品な狂言をやり、それで客が来ないのであるから、まことにザマはないではないか。

○よく、幇間などが、客を欣ばすつもりで下品な猥雑な所作をして、却つて客に眉をひそめさせることがあるが、帝劇の狂言の並べ方はまさにそれだ。
○「演劇新潮」の先月号か先々月号に有望なる俳優なる題下に答へて、劇評界の人々が多くは六代目を挙げてゐる。自分も六代目の有望なるをみとめるのに、吝《やぶさか》ではないが、六代目一人があんなに飛び離れてまで、有望視されるのは、何のためか。自分の考《かんがへ》では、彼が吉右衛門に比し、勘弥に比し、猿之助に比し、常に新らしい脚本を上演する意気と、位置とを持つてゐるのではないだらうか。
○俳優が、その素質を示し技芸を琢磨する唯一の道は、良脚本の演出より外にはないだらう。新派が没落した第一の原因は、十年来勃興したわが国の現代劇上演に対して、その機会を完全に逸し去つたためであらう。
○森田草平氏が、僕に対して「正しきを正しとせよ」といろ〳〵かいてゐるが、しかし結局近代劇の発達の順序を充分味つた人でなければ僕の云つてゐることは分らない。向うでは分つたつもりでも、本当は分つてゐないのだ。いくら傲慢だと云はれても、自分の確信は曲げることは出来ない。分らない人とは議論をしても、結局チグハグである。もう少し、事の分つてゐる人なら、「屋上の狂人」に対して「義経と辨慶」とはどちらが強いかと云つたやうな、あんな非難はしない筈である。分らない人には、千万言を費しても分らない。結局、馬鹿らしさに気がついた此方で、だまつてしまふ外はない。

（大正十五年八月「演劇新潮」）

映画界時事

日本映画勃興の徴があるのは、たいへんうれしい気がする。芸術に於ては鑑賞するよりも創作の方が、どれほど面白い仕事であるか知れない。外国映画に感心してゐるよりも、日本自身のものを作る方が、どれほど意義のあることだか分らない。

野球は、米国に何処まで行つても敵《かな》ひつこはない。主として、肉体的な遊戯であるからだ。しかし、文学に於ては米国の如きは、何等怖るゝに足りない国だ。米国の小説年鑑集、戯曲年鑑集をよんでもそれがよく分る。映画は、どうだらう。俳優と云ふ点では、当分敵ひつこはないかもしれない。

しかし、野球などとは違つて頭の要素が多い丈《だけ》に、悲観するには当らない。野球に於ける間隔よりは、ずつと米国物に近づき得るだらうと思ふ。いなその芸術的な渋さやストオリイに於ては、優れた米国映画を凌駕し得るやうにならないとも限らないと思ふ。

狂つた一頁

「狂つた一頁」は、気持よく見た。日本映画式のいやなところが、ない丈《だけ》でもうれしかつた。たゞ最後には、解決などは要らないが、もう少し刺戟の多いシーンが欲しかつた。

たゞかうした題材には、その表現派的技巧が、ピッタリと合つてゐ、第一回の作品としては成功したものであるが、しかし尚《なほ》未だ現在の民衆がいかに道徳的感銘を求めてゐるかと云ふことを考へるとストオリイの微弱な映画が、一つ二つはいゝとして、それ以上は余り望ましくない。

私の好きな女優

私は今まで見た外国の映画女優の中では、ジュエル・カーメンが一番好きである。彼女のブロマイド丈《だけ》は五六枚蒐めてゐた。ダグラスの"Flirting with the Fate"に出た彼女の美しさは、今でも忘れられない。だが、ジュエル・カーメンは、日本のファンの中では、ちつとも評判にならなかつたので、彼女を記憶してゐるものは、私丈位《ぐらゐ》かと思つてゐたが先頃関口次郎にジュエル・カーメンのことを話したところ、彼もまた彼女の讃美者であつたので、私はうれしかつた。

その以後古川緑波君に話すと、さすがに斯道の先達丈《だけ》あつて、ちやんと彼女の美しさをみとめてゐてくれたので、私は頼もしい気がした。

折も折、上山草人等出演の「バット」に、彼女が絶えて久しくその麗姿を現してゐると云ふのをきいて私は、たいへんうれしく思つてゐる。六七年前女学生から一躍映画女優になつたと云ふ彼女はまだ廿四五であらう。試写を見た酒井真人君の話では、彼女は相かはらず美しいと云ふ。

私は、彼女についでは、グロリヤ・ホープと云ふ女優が好きだつた。ミルドレッド・ハリスも好きだつた。最近見る女優では、あまり心を惹かれるものはない。

演劇映画学校

私が、演劇映画学校をやると云ふ噂が二三の新聞に出た。ウソである。しかしそんな気がないかと云へば、全然ないこともない。たゞ時機と人との問題である。「映畫時代」の基礎が、強固になり、真面目にやつてくれる講師が四五人も、出来れば始めてもいゝと思つてゐる。たゞわい〳〵講師になつて、二三ケ月の中に、アキてしまふやうな連中丈《だけ》でやり出すことは出来ない。

映画界に、良家の子女が、身を投じないのは、映画界につきまとふ艶聞的スキャンダルのためだと思ふので、教養のあるよき女優を得るために、さうした方面に充分な注意を払ひたいと思ふ。入学資格は男女とも中等学校卒業者以上、専門学校の卒業生を採りたいと思つてゐる。

（大正十五年八月「映畫時代」）

映画雑事

ダグラスの「海賊」

ダグラスの「海賊」は、近来にない壮快な写真だが、あの写真を見て感ずることは、映画特有の迫真性である。あんな荒唐なロマンチックな筋であるにも拘はらず、その情景、情景は非常にリアリスチックなことだ。みんな作りごとだと分ってゐながら各情景から、ある程度の戦慄や激動を受けることだ。あのシーン、シーンの迫真性は映画特有のものである。文学の上にも舞台の上にも決してないものだ。文学のどんな精微な描写だつて、あんな迫真性は到底持ってゐないと思ふ。ある時代が来ると、文章の持ってゐる表現力は、映画の持ってゐる表現力に到底及ばないことが分るのではないかと思ふ。

日本映画のストリイ

日本映画を見て、一番情なく思ふことは、ストリイのだらしのないことである。ストリイが、大抵小説として尋常二三年程度のものばかりである。監督乃至映画関係者の作ったストリイは、「講談倶樂部」に載る程度の小説である。ストリイ丈《だけ》は、文学者の手に委することがほんたうである。映画の文学的基礎だけは、全然文学者の手に委すべきであらうと思ふ。自分の「第二の接吻」など、小説として決して秀れたものではないが、映画になつて見ると、他の現代物に比して、ストリイがハツキリしてゐるので、手前味噌に近いが、頼もしく思ったものである。映画関係者の原作脚色など云ふものは、われ〳〵から見て、尋常三四年的ストリイである。

映画奨励

政府当局なども、直接間接に映画を奨励してもいゝと思ふ。文部省などは推薦映画に対し、賞金として千円なり二千円なり、交付するやうにしたいと思ふ。絵画彫刻などだけを保護して、帝展などを開いてやりながら、映画を保護しないなど本末を顚倒してゐると思ふ。結局は、ブルジヨアの私有に帰する美術品などに比して、どれほど映画が国民的であらう。絵画彫刻などのために展覧会を官設する前に、国民の精神生活、趣味生活に重要の関係ある映画を奨励すべきものだと思ふ。殊に日本映画を奨励発達せしめて、外国映画に代らしめることは、国産奨励の上からものぞましいことである。それにも拘はらず、小役人ども、官権を濫用して、過酷な検閲をして、日本映画の発達を阻害してゐることは、嘆かはしいことである。

映画検閲

不当なる発売禁止に対する運動は、文芸家協会、雑誌協会、出版協会の運動に依って、社会的の反響を惹き起し、やゝ効果をもたらさんとしてゐるやうである。此次ぎは不当なる映画検閲に対する運動である。もし映画界の有志が起《た》って、この運動を開始するのであったならば、文芸家協会も出来るだけの尽力をするであらう。たゞ各製作会社に起って官権と抗争するほどの気概と意気があるかどうか。いつまでも商売人的な事勿れ主義から、御無理御尤もの泣寝入りをつゞけてゐれば、現検閲制度は当分つゞくものと覚悟せねばならぬ。

（大正十五年九月「映畫時代」）

映画雑感

尾上松之助

自分は、尾上松之助の映画を幾度も見たことがあるし、京都にゐた頃、彼が吉田でロケイションをしてゐたのを見たことがある。宙乗りのトリックか何かをやつてゐた。近頃での大作である荒木又右衛門や、忠臣蔵は見てゐない。しかし、松之助が始終映画報国の精神で、奮闘してゐたのは好感が持てた。彼が、忠臣義士以外の役は、殆どやらず、絶えず映画界の正義派であつたのは、映画好きの少年少女にどれだけよい効果を与へたか分らないと思ふ。その点で、彼は下手な教育家以上に、国家から勲章でも貰つていゝと思ふ。彼が、公共のために、時々金を寄附してゐたことなど、誰にでも出来さうで、容易に出来ることではないだらう。その意味で、映画界に於ける一個の人物で、彼の律義な正義派的な人格が、映画の上にも現はれて、あのやうに長い盛名を得たのに違《ちがひ》ない。とにかく、映画の勃興時代に欠くべからざる人物で、彼の死はひとり日活だけの損失ではないだらう。

陸の人魚

自分の原作「陸の人魚」の映画は、今まで日本映画を多く見なかつた文壇の連中の日にもふれ、さうして案外好評であつたらしい。しかし、今度松竹で映画化する「受難華」は、自分のあゝした種類の作品中、会心第一の作品で、「陸の人魚」や「第二の接吻」に比し、遥に自信のあるものである。たゞ、主人公が三人もあるため、その映画化に非常の苦心を要するだらうと思ふが、しかし自信のある監督にとつては、その手腕を振ふべき絶好の機会であらうと思ふ。

見た映画三、四

「狂つた一頁」を試写で見たが、更に武蔵野館で見た。やはり好感はもてたが、しかし、なぜもつとストリイを面白くしなかつたか。もつと、ストリイを面白くして、しかもあの手法でやれないことはないと思つた。芸術と興味とは、優に両立し得るものである。

「カラーボタン」は、カラーボタンの条《くだり》で、映画が二つに切れてゐる。あすこまでは、緊張して面白く見られた。あすこからは、少しだれた。殊に、最後の電報の間違ひなどあらずもがなである。

レイモンド・グリフィスの「いようグリフィス」と云ふのは、たいへん面白かつたが、"Hands up!" と云ふのは、つまらなかつた。最後の三角愛の解決なども、尾籠である。「弥次喜多従軍記」は相当面白かつた。ストリイの構想が気に入つた。

（大正十五年十一月「映畫時代」）

劇壇時事

歌舞伎芝居の滅亡が時の問題であることは誰も争ふ余地がない。現在の巨頭連の凋落と共に歌舞伎芝居が凋落することは争ひ難き事実である。併し、その歌舞伎劇の凋落した暁、現在の新劇が勃興して、その後を占めるだらうか。現在の新劇がさういふ大劇場の後継者になれさうには一寸思へない。

土方氏が巨万の私財を投じても、猶ほ経済的に独立せぬ築地小劇場を考へ又、多年逆境にあつた新劇協会を文藝春秋杜で後援しても、余り観客が来ないことを考へると、社会がそれほど芸術的な芝居を要求してゐるとは思へない。之《これ》ほど新劇に冷淡無情な現在の社会に於て、新劇が大劇場の後継者となることは到底考へ及ばない。歌舞伎劇凋落の後も、新劇は現在程度の小劇場で芸術的命脈を続けて行かねばならないのではあるまいかしら。

然らば、大劇場の観客に見せる芝居は何だらうか。しかも活動写真とは全然独立したもので多くの観衆に見せる芝居は何だらう。この問題を解決することは非常に困難な仕事だが、しかし、その一般的観衆に見せる芝居といふものが、結局将来の民衆的芝居でなければならないのだ。それはどんな芝居だらうか、さういふ芝居があり得るかどうかといふことも、かなり疑問である。

先日、宝塚の小林一三氏と会つたが、氏は芸術的小劇場もいゝが、自分は四五千人も入れる大劇場を作つて芝居を廉く見せたいと言つてゐた。しかし四五千人の大劇場でやれる芝居は何だらうか？ 現在の歌舞伎劇でないことは確かだ。また、現代の新劇でないことも確かだ。歌舞伎芝居は亡びかけてゐる。新劇は、その白《せりふ》などの関係で到底四五千人の大劇場では上演不可能だ。又上演しても客を呼ぶ力がないだらう。民衆的で、同時に普通の芝居よりもつと華かで、歌劇的で、興味が一般的で、四五千人の人が哄笑しながら、感激しながら観られる芝居といふのはどんなものだらうか。

立廻り劇などは、さうした資格がないとは云はれない。併し、そんなものは、すぐ行き詰ることは確かだ。立廻り劇の様に直ぐに行き詰らず、永久に観客を納得させて行く芝居、さういふ芝居を創造して行くことは至難な問題に違ひない。小林一三氏などは、大劇場の経済的基礎だけを考へて居るが、自分などは、さうした大劇場で見る芝居の方が大問題だと思つてゐる。そんな芝居を創造することは、天才的な創作家でなければ出来ない様な気がする。ボードヴィル式な催しで四五千人の客を集めることは或ひは容易かもしれないが、しかし本当に芝居と名のつくものをやつて大劇場を開けて行くことは容易な問題ではない。さうした芝居を作ることは我々の大いに考へなければならない問題だとおもふ。

（大正十五年十二月「演劇新潮」）

最近見た映画

九官鳥

歌に腰折れ歌と云ふのがある。歌勢が中途で折れてゐるのを云ふのだ。つまり拙い歌の事である。茲《こゝ》では、拙いと云ふ意味でなく、此の映画は中途で腰折れになつてゐると云ひたい。「カラー・ボタン」を見たときも、カラー・ボタンの所とそれ以後の夫婦生活との間に、大きな腰折れがあつた。今度の九官鳥もそれと同じ感じだ。九官鳥の話と長屋生活の描写とがあまりにつぎはぎである。カラー・ボタンなり九官鳥なりのエピソードだけをまとめてすまして居られないところが、商売気であり興行本位であり、さうする気持も、商売人としては是非もないと思ふが、映画その物として残念である。

久造老人

日本物として、俳優の演技をあれほどまで、発揮したのは、自分の見た範囲では少い。あれは、監督の手腕だらう。なぜ、久造老人としたのか、相手の老人の方が、しどころもあり、役者もうまいやうな気がした。殊に翌朝の広告屋の店頭で笑ふ笑顔はよかつた。シナリオは、不純なところがなくまとまつてゐるが、新人を以て任ずるらしい北村君のものとしては、新味がなさすぎる。殊に酔つぱらつたと云へ女給達に、五円札か十円札をやるのは、ウソに見えていけない。使ひ残りは、よつぱらつたまぎれに落したことにした方がよいだらう。

陽気な巴里つ子

ルビッチの作品を見たときだけ、自分も映画製作欲を唆られる。「やりやがるな」と云ふ感じを起させるのは、此の人の作品だけ。

「陽気な巴里つ子」は「三人の女」や「禁断の楽園」などよりも、自分には面白かつた。機智縦横奔放自在な構想ひ付が、微笑を催させる。

三日伯爵

アドルフ・マンジュウも自分はあまり好きでない。此の写真も、「最後の人」から、ヒントを受けたやうなところがあり、あまり感心出来なかつた。相手女優のルイズ・ブルックスは、自分の好きな女優の一人である。

娘十八運動狂

万事キレイ事で、あくどくなく面白く見られた。武蔵野館で同時に上映した「弥次喜多海軍の巻」のクスグリばかりよりも、此の方が面白かつた。また、此の映画の女主人公を男で行つたリチャード・ヂックスの「蹴球王」よりも、此の方が好きだ。

面影

「映畫時代」が関西で講演会をしたとき、貸してくれた映画だが、落着いた清麗な映画だ。殊に、女主人の生活の描写はよかつた。たゞその写真を見て、三人の男があこがれて探すと云ふことが、ロマンチックではあるが、少しウソらしく感ぜられた。

（昭和二年三月「映畫時代」）

彼の気品——岡田時彦

岡田時彦君の映画は「第二の接吻」と、「五人の女」を見たゞけである。「第二の接吻」については、何も云ふことはないが「五人の女」は、筋がタワイなく、背骨のないやうな映画で、岡田君の彼も、無性格同様のフラ〳〵した人間だつたが、たゞその全体を辛く救つてゐるものは、彼の気品だつた。

その意味で、私は彼を日本映画俳優に尤も欠けてゐる気品を持つてゐる一人だと思つてゐる。

——岡田時彦

(昭和二年九月「映畫時代」)

新劇に就て

僕はこのごろ新劇の前途について、非常に悲観的な考へを懐いてゐる。

活動写真の素晴らしい発展に押されて、新劇は一向にふるはない。それといふのも、見物は、芝居といふと俳優の中に余程馴染が出来てこないと面白がつてやつて来られないらしい。どんなにいゝ脚本を並べても、どんなに新らしい演出を試みても、見物は脚本の魅力だけでは来なくなつた。第一見物は少しも昂奮しない、嬉しがらない。相当にいゝ脚本ばかり並べても、それに関係なく、知つた俳優がゐなければ少しも面白がらない。

そこへゆくと、歌舞伎劇が今だにあれ程持てはやされるのは、数百年の間資本を下して来てゐるのであるからかなはない。人々が歌舞伎を見に行く心理は、あの長い伝統に飾られ、人々の頭に深く染み込んだ役者を見にゆく気持である。見物は役者の一人に贔屓《ひいき》があると、お芝居のためではなく、その知つてゐる役者のために心から昂奮して、やんやとはやし立てゝ、充分面白がつて帰つて来る。

新劇協会は、この十月に公演することになつてゐる。演し物も何もまだ定《き》まつてはゐないけれども……。新劇協会など、とにかく今の日本の新劇団としては最高の人々が集まつてゐても、そして演《や》る方は相当熱心に真面目にやつてゐても、客の方は一向に振はない。

この五月帝劇でやつた時など、脚本としては相当に充実したものばかりであつた。山本有三、岸田国士などで、脚本料だけでも三千円もするやうなものを並べても客はいくらも来ないのだから、いゝ脚本がないといふ非難は当らない。場所も、帝国ホテルの演芸場といふやうなことが大分一般的な感じを起させないといふので帝国劇場を借りたわけだつた。

かういふ風では勢ひ新劇の経営は非常に困難である。したがつて、新劇の前途は悲観的に傾かざるを得ない。

新劇協会もずゐぶん欠損つゞきである。それに前にも書いたやうに活動写真の勢力といふものは中々はなく〳〵しいもので、まだ〳〵新劇は活動写真に押されるであらうと思ふ。だから新劇協会の経営も、今後やれるところまでやつて、それでもいけなければ仕方がないと思つてゐる。新劇協会をやつてみて、近頃新劇に対する興味も熱も失くなつてしまつたのを感じる。

新劇を演る人々は下手だ、練習や、研究の機関や機会がなさすぎるではないかと云ふ人も大分あるが、さういふ事も、金の都合などでどうも仕様もないのである。

（昭和二年十一月「文章倶樂部」）

「海の勇者」その他

「海の勇者」

「海の勇者」は、映画化された自分の作品中、もつとも完全なものと云つてもよいだらう。自分は、「海の勇者」で、イヤ味や雑音が少しもなくて、しかも面白い映画を作らうと思つてゐた。その目的は、充分達せられたと思ふ。

あのストリイは七分通《どほり》、自分が作つたのだが、こまかい所は村上徳三郎君の脚色である。村上君が、よく僕の意を体し、しかも同君自身の手腕を発揮してゐる頭のよさを認めずにはゐられない。

だが、あの映画は大部分島津保次郎氏の力に依るものだ。氏が作品に対する根本的な正確な理解の上に立つて、冴えた技巧を振つてゐる点は、今更ながら感心した。

自分が、脚色家や監督に望みたいことは、作品に対する根本的の理解である。作品中の性格に対する尊重である。面白い場面を作るために、筋を曲げたり、性格を滅茶にされる位閉口なことはない。

また監督の趣味で原作とは全然別な味の映画を作る位《くらゐ》閉口なことはない。

原作をある程度尊重しないのなら、撮影所だけでの原作脚色映画を作るに如《し》かずである。

「文芸的要素」

昭和二年は、自分はあまり映画を見なかつた。見た少数の映画の中では、「面影」が一番好きだつた。「ヴァリエテ」などよりはるかに好きだつた。自分達にとつては、文芸的要素の少い映画は甚《はなはだ》しくつまらない。どんなに映画として、秀れてゐても、その主題が文芸的に秀れてゐなければつまらない。つまらない主題は、どんなに優秀な映画的表現を与へても結局つまらない主題に過ぎない。自分は、純粋映画など云ふもの、可能性を信じ得ない一人である。

そんな意味で、自分などには「チャング」などよりも、「タルチュフ」などの方が面白い。これは、一寸比較しがたい映画であるが、象の生活などどんなに微細に現はれたところで結局動物園的な興味をもたらしてくる外、何物でもないが、「タルチュフ」は、その脚色の如何に拘らず、文豪の名作の匂ひを伝へるだけでも、われ〳〵には嬉しいのだ。

と云つたわけで、われ〳〵の映画鑑賞は、どこまで行つても、文芸的要素を重視する点で、所謂映画界の人々と意見を異にするが、自分個人としては、映画は将来に於て、活字に代つて、文芸の表現形式となるものではないかと思ふ。

つまり、将来に於て、秀れた文芸的作家が、その作品を映画の形式に依つて、発表することになりはしないかと思ふ。

この意味は将来の映画の製作者は、何物であるよりも、第一に、文芸家であることを必要とするのではないかと思ふ。

凡そ、人間を画面に映し出してゐる以上、その人間の交渉葛藤で面白いことは文芸的要素以外に何かゞあるわけはないのである。

（昭和三年一月「映畫時代」）

映画二題

結婚二重奏

村田実君が、演出した「結婚二重奏」は、自分に可なり満足を与へてくれた。その第一は、原作に絶対に忠実であつたことだ。しかも、忠実でありながら、そこに多くの映画的創作が行はれてゐることだ。どんなに原作を尊重しても、充分に演出者なり監督なりの創作があり得ることを示してくれたことは、うれしいことだつた。「慈悲心鳥」では、篠原俊輔を、不良少年化してしまつて、自分を腐らせた岡田時彦君も、此の映画では、小説家立花を、充分演じてゐてくれたことは、可なりうれしいことだつた。ホテルの場面などは、充分首肯することが出来た。夏川嬢も落着いて、少しもいやな芝居をしないことは、うれしいことだつた。「日活」に依つて映画化された自分の作品には、一として今まで心から満足したものがなかつたが、この作品は充分満足した。遉《さすが》に村田君の関与した仕事に間違《まちがひ》はなかつたことを知つた。殊に、ラストシーンなどは、自分の不完全な原作以上に、味を出したと云つてもよいだらう。

モダン十戒

二三ケ月以来西洋映画を見て、どれもこれもつまらないのに失望してゐた。「大進軍」「熱血拳闘手」「フラ」「美人国二人行脚」「悲恋の楽聖」その他、どれも充分満足し得なかつたが、「モダン十戒」を見て、心からうれしくなつた。スヰートで巧緻で、微妙で、気が利いてそれでゐて、闇中のダンスの場は、恍惚《うつとり》するほどよかつた。全体として少し甘いが、この甘さはいゝと思ふ。これに比べると、「闇黒街」は、この種の冒険活劇中たゞ手法が少しガツチリ、してゐると云ふ程度のものだつた。私は、「モダン十戒」を近来見たもの丶中で、一番推薦したい。

（昭和三年三月「映畫時代」）

新國劇雜感

去年の暮の「キリスト」劇は、非常にいゝ思付《おもひつき》だと思つて、内心大いに期待をしてゐたが、客の入《いり》は案外思はしくなかつたさうだ。興行の成績はともかく、キリストの上演は、思ひ付として充分敬服に値すると思ふ。たゞキリスト教といふものが、一般的のものでないため、芝居の観客とキリスト教の間に何等根本的な関係のないことを見落したのが、興行としての欠点であつたのだらう。

今度の「うるさき人々」などは可成り作としては地味なものであるが、かういふものにもよく注意して、舞台に生かすなどゝいふことは賢明な策だと思ふ。

こゝ三四年前から、新國劇は脚本で行き詰まるなどゝ言はれてゐたが自分だけは、さう簡単に新國劇が行き詰まるとは思はなかつた。果して自分の思ふ通り、窮せんとしては通じ、窮せんとしては通じてゆく一座の奮闘を見て、蔭ながら喜んでゐる。しかし、何と言つても新國劇にとつて、脚本難が重大な暗礁であることは、将来とも慥《たし》かな事実であらう。その点よく注意して、何よりも新しい脚本の発見と製作に頭を使つてもらひたい。
新國劇といへば剣戟といふ問題が起るが、これも新國劇発祥の一因として、ある程度まで続けていつてよからうと思ふ。旧俳優の舞踊に対抗する武器として、新國劇に痛快な殺陣が存立することも強《あなが》ち不可ではあるまい。がしかしその剣戟と将来は、もつと、心理化戯曲化といふことに考へを用ゐなければなるまい。これまでの剣戟に更に戯曲的心理的動因を強めるといふことは、一座にとつて大事なことではあるまいか。さういふ点から見ても、新しい脚本家を見出すといふことが、必要なことである。

（昭和三年六月「新國劇」）

澤田の死と劇壇の将来

小山内氏の死に次いで、澤田が死んでしまつた。小山内氏の死に依つて、築地小劇場が動揺を始め、土方氏が演出方面から除外されたと云ふやうな、我々局外者から考へると、奇怪に堪へないやうな新聞さへ報ぜられてゐる。澤田の死に依つて、新國劇その物が生死の大難に遭会したことは、誰でも知つてゐる通り、新劇はこの二人者の死に依つて、二大脅威を受けたと云つてもよい。そして、歌舞伎王国の国礎は、まだ〳〵万歳である。

明治四十年頃から、起つた日本の新劇運動は、むろん劇壇にいろ〳〵刺戟を与へ、歌舞伎劇の方へも影響してゐるが、しかし新劇それ自身の畑で、最も大きな成果を生んだものは、実に新國劇である。新國劇そのものだけが、興行劇団として、存在し得たのである。尤も、その以前に松井須磨子の芸術座があるが、しかし須磨子はたゞ「カチューシャ」だけが当つただけで、女優を基本とする同劇団がたとひ、抱月須磨子が生きてゐたとしても、永く存続し得たかは疑問である。

凡そ、劇団が存在するためには、お客が来ると云ふことが第一の条件である。築地小劇場などは、その芸術的功績に於て、充分認め得るも、未だ経済的に独立してゐない以上、完全なる存在であるとは云ひ得ないのである。

演劇は、あらゆる芸術の中で最も、金のかゝる芸術である。小説は、原稿紙とペンがあれば、どんな名作でもかけるし、絵画もカンバスと絵具とがあれば、どんな名作でもかけるのである。たゞ演劇だけは、一の芝居を演出するに、小屋を借りる金、大道具小道具の金、俳優その他使用人の給金を初とし、巨額の費用がなければ、ダメである。つまり、金があつての芝居である。金がなければ、芝居はやれないのである。その金は、見物から払つて貰ふのが、常態で、演出者などが持ち出してゐるのでは、到底永続《ながつゞき》はしないのである。

つまり、お客が来る劇団でなければ、存在し得る劇団であるとは云ひ得ないのである。お客の来ない劇団は、どんなに芸術的なものでも存在し得ないのである。小説や絵画なれば、名作傑作を書いて置けば当時は一人の読者も買ひ手もなくても、しづかに将来の知己を待つてゐられるのであるが、芝居はさうは行かないのである。

名芝居を演出して置いて、見物が全然無くても、後世の知己を待つと云ふ工合には行かないのである。それは、芝居の悲しいところで、芝居は瞬間の芸術である。たゞ、その時その時の批判に生きてゐるのである。であるから、お客の来ない劇団は、どんなに芸術的で高級であらうとも存在し得ないのである。

その点で、新國劇はたしかに存在したのである。明治大正の新劇運動出身の劇団として、演劇界の確固たる存在として、歌舞伎の一大敵国であり得たのである。

澤田は、元来名優と云ふべき性質の人ではない。しかし、われ〳〵と同じ空気を吸つてゐる現代人の一人であつた。歌舞伎や新派の俳優には、かう云ふ意味の現代人が居ないのである。彼は、舞台に在りながら、よく時代の歩みを理解してゐたと思ふ。彼は、脚本の撰択に就て、さうした理解を示してゐたと思ふ。彼は、過去七八年間に二百種の新作を演じ、手にした書抜きの量に於て、空前であらうと云はれる所以《ゆゑん》である。新國劇は行き詰るだらうとしば〳〵云はれ、我々も心配してゐたが、到頭行きつまつたと思ふ感じを起させずに済んだのは、澤田の実社会に対する注意と理解の秀れてゐる為であると思ふ。

澤田の芸風が、世に入れられた第一の原因は、そのテムポである。その動き方、そのセリフ廻しのテムポが、現代的である。歌舞伎芝居の科白《せりふ》のテムポは、われ〳〵をいら〳〵させるだけである。

その撰んだ脚本が、歌舞伎芝居のそれに比し、はるかに現代生活に触れてゐる点もある。また、澤田自身の個人的な魅力もある。その努力的な精進と熱と誠意とが、男女のファンの心に、いつの間にかしみ入つてゐたのだと思ふ。

澤田は名優ではなかつたが、器用である。左団次と澤田は、人間全体で芝居をする点で、似たところがあるが、澤田は左団次などより遥《はるか》に器用である。「勧進帳」や「助六」をやつたことは、識者の物笑ひになつたかも知れないが、しかし器用でなければ、あんなことはやれないと思ふ。

澤田は、芸に終始する名優たるべく、あまりに覇気に富み、また才にも富み過ぎてゐたと思ふ。それが、興行主として成功を得た所以である。

澤田の芸の主調は感傷的英雄主義《センチメンタルヘロイズム》である。実生活でも、さうであつた。彼は意気と情とで人に接した。男性のひいき客が、沢山あつた所以である。だから、舞台では何かの意味で、英雄のない芝居は駄目である。岸田国士君の芝居を一度やつたが、失敗した。だから、彼は英雄のない脚本はやらなかつたし、また英雄のない脚本から、しば〳〵英雄を作らうとして失敗した。

彼位《ぐらゐ》、自信のある人問はないだらう。彼は、どんな脚本でも、やれると云ふ気持があつた。「勧進帳」でも、「助六」でもやるのだから、やれない脚本はないわけである。尤も、彼にはやりたくない脚本は、可なりあつた。彼は我々作者に充分の敬意は払ひながらも、しかし決してその脚本について、演出上の意見を訊かうとしなかつた。彼は、どの脚本に対しても、演出上の意見が定《き》まつて居り、しかも自分の意見の方が、作者の意見よりも、正確であるとでも自信してゐたらしい。自分などにも、舞台稽古に儀礼的に立ち合ひを求めても、彼は心からそれを求めてゐたかどうか頗《すこぶ》るあやしい。

然し、彼は決して作家を軽蔑してゐるのではない。たゞ脚本が、舞台にかゝつた以上は、自分の方がよく分るのだと思つてゐたらしい。上演脚本に就て、質問など未だ曾て受けたことがないやうに記憶してゐる。

彼の劇壇に対する第一の功績は、新作脚本の演出にあると思ふ。最近歌舞伎が反動的になり、新作などを殆んど上演しなくなつてからは、澤田は殆ど専売的に新作を演じてゐた。われ〳〵劇作家の過半数の者にとりては、澤田の舞台は、脚本が脚光を浴びる唯一の舞台であつたと云つてもよいのである。さう云ふ意味でも、澤田の功績は可なり偉大である。国民文芸会などは、澤田のこの偉大なる功績に気が付かず、旧俳優その他の屑々《せつ〳〵》たる末技などを表彰してゐたなど、今更寝覚がわるいだらうと思ふ。

澤田の死に依りて、歌舞伎の一大敵国は倒れ、小山内氏の死に依り、築地が動揺してゐる以上、新劇運動の成果は、その無形的なものは、ともかくも有形的には、何もなくなつた感じである。

実に歌舞伎の天下は、資本主義の天下同様頑健である。衰ふるべくして、何等衰退の色を見せないのである。一体、昭和の御世となり、徳川時代の文物は悉く崩壊してゐるのに拘はらず、たゞその中で、歌舞伎だけが亡びないのである。芝居位、保守的な所はない。徳川時代に行はれた「助六」などが今上演され、曾我の十郎が白酒売になつてゐると云ふやうなアホウのやうな筋を見物が見てゐるのである。何と批評のし様もない事であるが、これを数万の見物が、だまつて見物し、また劇評家などが、演劇本来の目的を忘れ、末節のことだけを、尤もらしい批評などをしてゐるのであるから、天下はまだ〳〵太平である。澤田のやうな役者が、三四人も出来、それが銘々新しい見物を惹くやうになれば、歌舞伎も衰へることになるかと思つてゐたが、たつた一人の澤田が死んだ以上、その後代りさへ、どうかと心配されるから、まして、それ以上の望みはなくなつてしまつた。

然し、僕等の考へでは、現代生活と何の交渉もない歌舞伎が、それほど存続する筈はなく（ある役者は、ロシアで歌舞伎を招待したので歌舞伎が今更たいした、芸術であることが分つたなど自慢してゐるが、ロシアで歌舞伎を呼んだのは、昔将軍家がオランダ人を長崎から江戸へ呼んで見物したのと同じでたゞ物珍らしいからである）いづれ衰へるに違ひないが、現在の容子を見ると、新劇又は歌舞伎の天下を受けつぐべき力はないやうな気がするのである。歌舞伎が崩壊すると、直ぐ活動写真になり、或はレヴューやボードヴヰル等の天下になるのではないか、結局新劇には、天下を取るほどの力がないのではないか、歌舞伎を資本主義に比ぶれば、新劇は自由主義で、いつまで経つても自由主義の天下などは来ないのではないかと云ふ気がするのである。

尤も、もつと日本に現代劇のよい脚本が生れ、脚本の力に依つて、見物を動かすやうになればともかく、新劇俳優の力だけでは、歌舞伎の天下は、到底動かすことが出来ないのではないか。

新劇運動の劇壇的な唯一つの成果が、無くなつた今、尚更そんな感じが起らずにはゐないのである。

（昭和四年四月「改造」）

来るべき映画界

○

トオキイ時代来に就て、しきりに諸所で問題になつてゐるやうだが、自分は斯う云ふ時代がすぐ来るとは思はない。少くとも二三年後になるのではないかと思ふ。

トオキイを従来の映画と一つものにして考へてゐる向が多いやうだが、自分は全然今までのものとは性質が違ふものだと思ふ。

だから、トオキイ時代が来ても、トオキイはトオキイとして存在し発達するであらうし、従来の映画は映画で全然別個の発達を遂げるであらうと思はれる。それが一番正しい見方で従来の映画もまだ〳〵進歩し発達するであらうし、発達しなければならないと思ふ。

○

トオキイはつまりレビューで、会話を主としたものより歌や舞踊を中心にしたものが盛になり、もつと国際的になつて行くのではないかと思ふ。

トオキイの本質として会話や歌、舞踊のいづれを中心にしたものがその生命であるかは、亦別個の問題であるが、外国語のトオキイが日本へやつて来るとは思へないし、実際的にそれは可能でない。

日本の映画会社がトオキイに対して準備をしてゐると云ふが、日本の映画の状態を見るに一般大衆が果してそれを要求してゐるかどうか、少し疑問である。

○

然し、若し、日本にトオキイ時代が来るとすれば、そは実に反動が起るだらう。今までの映画監督や俳優が用がなくなるかも知れない。そして舞台を知つてる俳優や監督がもう一度復活する時代が来るであらう、音楽家の如きもトオキイの世界に活動するやうになるであらう。

作家の場合では芝居心のある作者が迎へられ、あらゆるものが演劇的になる。さうなると、松竹などは非常に強い立場になる。それは、殆ど舞台俳優をみな持つてゐるから、例へば六代目や猿之助の如き人の声が田舎《ゐなか》で聞かれるとすれば、今より五倍も十倍ものアトラクションがあると思はれる。

（談）

（昭和四年四月十四日「読売新聞」）

劇場人への言葉

○

「小劇場問題」に対して、いつかも新劇と歌舞伎座の対立関係に対して云つたのであるが、歌舞伎芝居が、今の通りの隆盛を来してゐれば、今のやうな新劇運動をやつても到底駄目だと思ふ。旧劇方面が資本家と提携してゐる間は実際問題として到底、新劇方面がこれに対立して盛大になつて行くことは出来得ない。

新劇が現在のやうに蹉跌ばかりして、歌舞伎劇がこんなにも盛んである現状をみては、新劇が今後盛んになるなどと云ふことはなく、遂に活動写真だのレビューなどの全盛時代が来てしまふのではないかと思ふ。

今の芝居劇評家なども、ちつとも真剣でなくて、御茶を濁してゐる程度にしか過ぎない。斯う云ふ状態では、歌舞伎劇が表面に盛んの如く見えても、その劇評などから劇の進歩向上などに何等寄与しない。自分は近く、本紙に東京の大劇場の劇評の筆を真剣に執つてみたいと思つてゐるが、もつと思ひ切つて遠慮なく物を言ひ度いと考へてゐる。

○

「新國劇」の問題に対しては、自分は小太夫君に対して、一人彼を後援すると云ふ意味ばかりではなく、澤田正二郎君以来の縁で外部的に援助したいと思つてゐる。小太夫君の新國劇入りのことも多分彼が座頭となつて入るわけではないと思ふ。

（昭和四年五月十九日「読売新聞」）

トーキー雑感

トーキーといふものは、一つの新しい発明として確《たしか》に驚くべきもので、一度は見ておいてもいゝものだらう。しかし、今、日本に来初めてゐるアメリカ物のトーキーが将来の映画界を支配するものとは思はれない。

しやべつてゐる英語が完全に解らなければ面白くないし、解つたところが、人間が立体的に動かない以上、芝居には劣るわけだ。どつち道、日本の映画ファンは、却て無声の映画を見て、弁士の説明を聞くことを喜ぶだらう。

トーキーは映写装置に何万とか何十万とかいふ金がかゝるさうだが、そんな点からも日本に持つて来て収支の償ふものでなからう。邦楽座や武蔵野館で見せたが、東京でもその外の旧設館には上映はむづかしからうし、いはんや地方へは持つて行けないだらうから、今のところ先づ東京のほんの一部の観衆を対象とするに過ぎないだらう。

日本でトーキーの製作をするやうになり、日本物が出来るやうになればよいが、映写装置にも手の出せない資本状態では、何百万といふ撮影装置は容易なことではあるまい。それの出来る大資本の会社の出現を待つよりも、もつと簡単に撮影なり映写なりの出来る発明を待つ方が、時日において早いであらう。

トーキーはつまり芝居の映画化で、役者がセリフを述べるのだから、英語が解らなければ無意味だが、邦楽座で見せたサウンド・ピクチュアは面白いものだ。物音――音楽、風の音、犬の声、街頭の騒音、さういふものが如実に聞えて映画の迫実性を加へる上に非常に効果的である。

これはトーキーとは反対に、画面の理解を助け、興味を増すものであるから、範囲が実写的に限られてゐるけれど、日本に持つて来ても相当に歓迎されるであらう。

――発声映画《トーキー》時代

（昭和四年六月二十三日「サンデー毎日」）

「時勢は移る」を見に行つたが……

凡そ、映画を見ざること玆《こゝ》に年ありて、去年は「東京行進曲」を見たゞけである。自分の原作の「明眸禍」も「不壊《ふゑ》の白珠」も見ないのであるから、他は推して知るべし。今年になつて、ロイドの「スピーディ」を見ただけである。

三月六日、「時勢は移る」を見るために、浅草帝国館へ行つた。すると、「時勢は移る」は後で、その前に現代劇の「朗《ほがらか》に歩め！」と云ふのをやつてゐる。つまらないから、出ようかと思つたが、折角来たのにと思つて見た。すつかり、アメリカ模倣の映画で、馬鹿々々しいが愉快なところもあるので見てゐたが、不良少年が改心することになつてからが、急につまらなくなつた。女主人公のやすゑが、不良少年をなぜ好きになるのかちつとも分らないし、その母親までこの不良少年の出獄を歓迎するのがちつとも分らなかつた。いくら不良少年を扱つたからと云つて、筋までも不良少年じみることはないと思つた。前半は、一寸愉快だつたが後半が、ちつとも朗かでないのは困ると思つた。やすゑが自分を救つてくれた不良少年の手首の入墨を見ていやになるところで、なぜおしまひにしないのか。あすこで、出来ないなら、せめて不良少年が拘引されるところで、おしまひにして貰ひたかつた。そんなら、おしまひになるほどつまらなくなりはしなかつたゞらう。不良少年が、ガラス拭きを一日したために、改心したことになつたり、やすゑが三間も向うの密談を立聞したりするのは、あまりに馬鹿々々しい。

しかし、久し振りに蒲田作品を見て感じたことは端役やワキ役がよくなつたことである。これまでは、映画俳優は結局不良少年少女の上りのやうな若輩の連中が多かつたが、今では立派な大人らしい役者が、多くなつたのはい丶と思ふ。千恵子に誘惑される紳士でも、不良少年の部下でも、探偵でもみな一かどの面構へをしてゐるのは、うれしいと思つた。殊に、ワキ役の千恵子になつた伊達里子とか云ふ女優は、女らしいヒレがついてゐて、今までの少女的女優とは違つてゐるのはい丶と思つた。だん〳〵かうして成熟しきつた大人らしい俳優が出て来るのは、日本映画の進歩だと思つた。

主人公の高田稔は、岡田時彦、鈴木伝明とはまた全く別な味を持つた、立派な男優である。川崎弘子も、一寸可愛い娘だ。しかし、私は伊達里子は、美人ではないが、また好きにはなれないが、い丶女優だと思つた。だが、この映画をしまひまで見てゐると、だん〳〵気持が朗かでなくなつたので、「時勢は移る」を見る元気がなくなり、外へ出てしまつた。

「時勢は移る」を見たら、何かかく約束をしたのだが、見なかつたから、仕方なく「朗《ほがらか》に歩め!」を見た感想をかくことにした。

（昭和五年五月「映畫時代」）

編者あとがき

本書は、大正末期から昭和前期にかけて文壇に君臨した作家、菊池寛が書いた夥しい評論の中から、主に文芸、演劇、映画についてのエッセイを纏めたものである。

昨年（二〇〇八年）は、菊池寛の生誕一二〇年、没後六〇年に当たった年。それに呼応するように、菊池寛を主人公とする映画『丘を越えて』（原作は猪瀬直樹『こころの王国菊池寛と文藝春秋の誕生』）が封切られ、岩波文庫からは『半自叙伝・無名作家の日記他四篇』が刊行されている。この〈文壇の大御所〉と称された大作家を復権する動きは、すでに数年前、テレビの昼の帯ドラで、大正末期に書かれた彼の原作の『真珠夫人』が放映されて、高視聴率を記録し、それに併せて原作や『貞操問答』などの長篇小説が相次いで復刊された時期から、その機運は高まっていたともいえる。それは、菊池寛の作品が持つ骨太で豊饒な物語性、稀有なストーリー・テラーとしての手腕が時代を超えて、深く大衆の無意識に触れるアクチュアルな魅力を放っていることの証左でもあろう。

小林秀雄は、その卓抜な「菊池寛論」において、「心理描写だとか性格解剖だとかあるいはなんとも言えない巧さだとか味わいだとか、さては人生の哀愁だとか人類の苦悩だとか、そういうものにはいっさい道草を食わず、ただちに間違いのない人間興味の中心に読者が推参できるように、菊池寛氏の作品は仕組まれているという意味だ。ここに僕は菊池氏の独創性を見る。」と書いている。まさに正鵠を射た指摘であるが、では、菊池寛のような稀有なスケールと大衆性を持った作家がいかにして生まれたのか。その作品世界を支えるバックボーンを探るには、彼の書いた評論やエッセイを読んでみるに如くはない。

本書は、そのような意図に添って、膨大な小説・戯曲以外の論考、エッセイ、雑文の中から菊池寛の思考のエッセンスともいえるものを精選し、テーマ別に三章に分けて、彼のユニークな思索の軌跡を辿れるように構成してある。

第一章は、交遊のあった作家たちの回想、追悼、そして文芸時評などを収めている。たとえば、自殺した親友芥川龍之介を追想した「芥川の事ども」は人間観察家としての菊池寛の怜悧さが光る。晩年にふたりの間に生じた幾つかのエピソードに触れて、「我々の中で、一番高踏的で、世塵を避けようとする芥川に、一番世俗的な苦労がつきまとって行った、何と云う皮肉だらう」と述懐し、「あまりに、都会人らしい品のよい辛抱をつゞけ過ぎたと思ふ」と、このあまりに繊細過ぎた作家の死を心底、悼んでいる。

最も尊敬する作家志賀直哉については、「作品の奥深く鼓動する人道主義的な温味」に深く感銘を受けたことを率直に表明し、その短篇は「充分世界的なレヴェル迄行って居る」とまで絶賛している。

文壇的には不遇だった作家、加能作次郎の『世の中へ』についても、「此頃此の位心持のよいしみぐ\した読後感を得たことはない」と語り、「人生の本当の姿を写すには、うますぎるやうな技巧よりも、加能氏のやうな質実な飾り気のない技巧の方が、何れ丈適当であるかも分らないと思ふ」という指摘には、このマイナー作家の美質を見抜いた鋭い文芸批評家としての並々ならぬ慧眼ぶりが垣間見えるのである。

菊池寛のリアリスティックな文学観を端的に示した、人口に膾炙している「生活第一、芸術第二」というフレーズがある。しかし、この警句の出典である「文芸作品の内容的価値」というエッセイは意外に知られていないのではあるまいか。この挑発的な論考を改めて現在の視点で読むと、ここで説かれているのは、たんなるロマンティックな芸術至上主義に対する批判ではなく、文学が本来的に担っているはずの〝社会的価値〟の顕揚であったことは明白である。

〈作家凡庸主義〉という副題の付いた「芸術と天分」も、もともとは里見弴が標榜した〈作家天才主義〉への反駁として書かれたエッセイだが、文芸の仕事が一部の選ばれた天才や才能ある少数者による特権的なものではなく、創作の悦びは万人に開かれてあるものだという指摘は、興味深い。このエッセイは、ある意味では、素人が書いたケータイ小説がベストセラーとなってしまうような現代の泡沫的な文学大衆化現象を、すでに予見しているようなアイロニカルな洞察としても読めるのである。

第二章では菊池寛作品の血肉となり、彼の文学的な自己形成において最も重要な役割を果たした愛蘭《アイルランド》文学を中心に海外文学に関する論考を収めた。

なかでも長文の「ゴルスワジイの社会劇」では、「問題を解決したり証明したりするための、卓上戦術に使ふ駒のような人形ではない。どの人間も、血と肉とから成って居る正真正銘の人間である。」という主張が見られる。いわば菊池寛の戯曲論の要諦であり、モラリストとしての姿勢がより鮮明に浮かび上がってくる。ここで思い出されるのは、英文学者の矢野峰人が、かつてイエイツが「屋上の狂人」を絶賛し、今、世界中で最も深い関心を寄せているのはピランデルロと菊池寛だと語ったという逸話である。菊池寛の戯曲は、汎世界的レベルでの拡がりと普遍性を持っているのである。

第三章は演劇、映画に関するエッセイを収めた。菊池寛と映画の関係はきわめて密接である。大正末期にすでに映画雑誌『映画時代』を編集し、戦前、映画化された小説の数も突出している。前述の作家論において、小林秀雄も「晩年の菊池さんがいちばん本気になっていた仕事は、もう、雑誌でも小説でも芝居でもなかった。驚くほどの社会的な影響力を持とうとしていた映画であった。」と書いているほどだ。

たとえば「陽気な巴里っ子」について、「ルビッチの作品を見たときだけ、自分も映画製作欲を唆られる。やりやがるなと云う感じを起こさせるのは、此の人の作品だけ。……機智縦横奔放自在な構想想ひ付が、微笑を催させる」という評言には、真のソフィスティケーションを理解した趣味のよさがうかがえる。自作「海の勇者」の映画化でも「あの映画は大部分島津保次郎氏の力に依るものだ。氏が作品に対する根本的な正確な理解の上に立って、冴えた技巧を振っている点は、今更ながら感心した。」という指摘など、近年、再評価が著しい映画作家、島津のモダーンな魅力を的確にとらえているといえよう。

本書によって、偉大なジャーナリスト、批評家でもあった菊池寛の魅力が再発見されることを願っている。

なお本書の文字の表記は原文に忠実に、を基本にし、旧かなづかいをそのまま踏襲している。最近の表記と異なる人名、単語等もあるかと思うが、よろしくご了解のほどを願いたい。

最後に、序文で小津安二郎研究の第一人者である、映画史・文化史家の田中眞澄氏に大正・昭和の大衆文化史の中で菊池寛が果した役割に関する刺激的な論考を書いていただいたことに深く感謝したい。また、本書の企画にご賛同いただいた、清流出版株式会社社長の加登屋陽一氏に深く感謝いたします。

二〇〇八年十二月吉日

高崎俊夫

編集付記

本書は、『菊池寛全集』（高松市菊池寛記念館）、『菊池寛全集　補巻』（武蔵野書房）を底本に、明らかな誤記誤植を訂正した。

なお、今日の人権意識に照らして不適切な語句、表現については、著者が故人であることに鑑み、そのままとした。

菊池　寛（きくち・かん）

一八八八（明治二十一）年～一九四八（昭和二十三）年。香川県の生まれ。一九一六年、京都大学文学部英文科卒業。在学中に芥川龍之介、久米正雄らを中心とした第三次・第四次「新思潮」に参加、戯曲「屋上の狂人」「父帰る」などを発表した。一八年から翌年にかけ発表した「忠直卿行状記」「恩讐の彼方に」が評判となり、文壇での地位を確立。その後、「真珠夫人」「受難華」などの成功により通俗小説の分野で新生面をひらいた。二三年、雑誌『文藝春秋』を創刊。二六年、日本文芸家協会の前身、文芸家協会を設立。三五年に芥川賞・直木賞を、三九年には、菊池寛賞を創設するなど〝文壇の大御所〟として精力的に活動、〈文学の社会化〉に大きく貢献した。

菊池寛の文芸・演劇・映画エッセイ集
昭和モダニズムを牽引《けんいん》した男

二〇〇九年三月六日［初版第一刷発行］

著　者――菊池　寛
Printed in Japan, 2009
発行者――加登屋陽一
発行所――清流出版株式会社
東京都千代田区神田神保町三-七-一　〒一〇一-〇〇五一
電話　〇三（三二八八）五四〇五
振替　〇〇一三〇-〇-七七〇五〇〇
〈編集担当・臼井雅観〉
印刷・製本――藤原印刷株式会社
乱丁・落丁はお取り替えいたします。
ISBN978-4-86029-263-8

http://www.seiryupub.co.jp/